A.I.

Torben Pedersen

AI

-

Science-fiction

Forlag: BoD – Books on Demand, København, Danmark

Tryk: BoD – Books on Demand, Norderstedt, Tyskland

ISBN: 978-87-4301-160-52

Til min kone, Touko Ikeda Pedersen, med tak og knus.

Tak til Marie Junggren, Charlotte Olsen og Carl H. Jensen for kommentarer.

Af samme forfatter:

"Mørke", 2018

PROLOG

Der er noget ved fængsler, der automatisk giver dårlig samvittighed. Selv som uskyldig besøgende føler man sig skyldig. Hvorfor kommer man på besøg?

Jeg var stået af bussen og skulle nu sådan set bare krydse gaden til fængslet og melde min ankomst.

Der var ingen undskyldning. Fængsler er så store, at man ikke kan overse dem. Man kan ikke bare sige, "jeg kunne ikke lige finde det."

Hvorfor følte jeg så skyld, og hvorfor havde jeg lyst til at vende om, når jeg selv havde opsøgt fængslet og manden, jeg ville besøge derinde?

Eksistens: substantiv, fælleskøn

BØJNING -en, -er, -erne

UDTALE [ɛgsiˈsdns] eller [egsi-]

OPRINDELSE fra nylatin existentia 'fremtræden', afledt af latin

ex(s)istere 'eksistere'

Betydninger: 1. Det at eksistere

"At være eller ikke at være, det er spørgsmålet."

Kan der være en verden, hvor vi ikke er? Hvis vi ikke er, hvorledes ved vi

så, at der ér en verden?

Eksisterer jeg, hvis nogen forestiller sig mig?

Torsdag d. 22. august 2034, kl. 11:03:05:16/100.

Jeg var. Verden var.

SÅ MEGET FOR TALEMÅDER ...

"FØLG PENGENE" LYDER EN GAMMEL TALEMÅDE – OG IKKE UDEN grund. Når man gør det, finder man som regel - før eller siden - frem til dem, der har interesser på spil. Ikke nødvendigvis ophavsmændene, men i hvert fald dem, der er interesseret i at opretholde status quo, fordi det tjener dem.

Det er så mit job – at forstyrre status quo og i bedste fald bringe det til fald. Derfor bruger jeg en god del af min tid på at rode rundt i den mere beskidte del af de menneskelige aktiviteter: narko, prostitution, kopivarer, data – alt, hvad der udbydes til fornøjelse og adspredelse, men ikke kan købes i et supermarked.

Ifølge alle stereotyper burde jeg så være en lettere falleret Humphrey Bogart-type, der sidder på et smudsigt kontor, da en smuk blondine træder ind ad døren, men desværre. Mit kontor er pinligt rent, da computere nu engang har det sværere med støv, end papirarkiver har. Og den sidste blonde person jeg har set her i lokalerne, er en cirka 50 kilo overvægtig mand, der appellerer lige så lidt til mine seksuelle fantasier, som en 5-årig gør – uanset køn.

Personligt ligner jeg nok mere den klassiske nørdtype og mine eneste våben er teknisk forståelse, en god mavefornemmelse for det usædvanlige og en udpræget mangel på virksomhedstilpasset pli. Det sidste kalder andre det – jeg kalder det sans for rimelighed.

Men jeg leverer resultater, og det lever jeg af. Ikke prangende, men jeg overlever. Og jeg nyder det faktisk. Det tiltaler min verdensopfattelse. Der er en skamløs indre følelse af tilfredshed, når man følger en sag til dørs og hører dommen falde.

For at levere resultater, skal der undersøges og nogle gange diskret. Til det formål har jeg en række falske profiler med alle de nødvendige baggrundsdata, det kræver at få det til at se troværdigt ud: Fødested, uddannelse, billeder, interesser, opslag om diverse ting forskellige steder, opslag der skaber det rigtige indtryk af ens holdning til de rigtige emner.

Alt sammen til når der er nogen, der tjekker – for det er der altid nogen, der gør. Jobinterview eller narkohandel, prostitution eller pædofilioptagelser – der er nogen, der vil vide, hvem de har med at gøre.

For tiden har jeg 12 primære profiler, der er helt fyldt ud og klar til at gennemgå en dybdeborende sikkerhedskontrol, samt en halv snes 'småprofiler', der ikke er så grundige, men kan hives frem til hurtige undersøgelser.

Jeg påtager mig så en passende onlineprofil, alt efter opgaven. Det kan lyde en smule personlighedsspaltet, når man på samme arbejdsdag går fra en personlighed, der efterspørger optagelser af thaipiger på maksimalt 7 år, som kan voldtages efter kundernes ønsker, til at agere trainee hos en større bank, der skriver arbejdsrelateret brok på en usersite: brok, som senere skal findes af de rette læsere, for at begrunde hvorfor man vil have fat i stimulerende stoffer. Det er bare et spørgsmål om at være lidt fleksibel og skelne imellem påtagede roller.

Men, alle sagerne ender alligevel med det samme: *Penge*. Der er nogle leverandører, der ønsker en fortjeneste. Selvfølgeligt er det i enkelte sager lige så vigtigt og interessant, hvem køberen er. Købere af hackermalware eller betalingskortdata kan man ikke bare ignorere, men metoden er altid den sammen: Følg pengene. Jeg er ligeglad med hvilken form de antager, hvilke veje de går af, eller hvordan de bliver forsøgt skjult undervejs. Jeg følger dem til vejs ende.

I kraft af det job har jeg efterhånden set en del, og Demokratispillet var egentlig bare endnu en arbejdsopgave. Jeg vil da heller ikke nødvendigvis sige, at 'Spillet', som nogle bare omtalte det, er det værste jeg har været forbi - slet ikke. Ikke engang tæt på, faktisk. Jeg mener, det var et *computerspil*: figurer, programmeret til at reagere med et bestemt mønster, når de i et forudplanlagt scenario blev udsat for bestemte stimuli. Ikke fordi, det ikke var godt lavet – det var det: Afsindigt godt lavet, rent program-mæssigt. Specielt publikum og den måde de blev inddraget på. Det virkede ret improviseret. Det var én ting at vise et skuespil, der påvirkede folk. Det var essentielt det samme, de gamle grækere gjorde i deres udendørs teatre. Men ind-dragelsen af publikum, der var til stede i form af avatars og få dem til at agere naturligt i et samspil med de personer, der nødvendigvis måtte være computerskabte var noget af en præstation. Der var nogen med seriøs computerkraft, der stod bag det her.

Man kunne stå i rummet og med en stimuliopkobling kunne man mærke gulvet under sig, lugte lokalet, sveden og ånden fra personen ved siden af. Med en empatiopkobling kunne man også mærke, hvordan det, som hovedpersonen blev udsat for, føltes – fra hans synsvinkel. Det havde jeg ikke behov for.

Nu er det jo ikke ulovligt at lave computerspil, uanset om man bryder sig om indholdet eller ej, så jeg interesserede mig ikke specielt for spillets etiske eller politiske korrekthed. Det der interesserede mig, var spillets indtægter. Det var ikke gratis at deltage i spillet, og de mere eller mindre skjulte reklamer betalte også for at være der. Der var derfor penge i omløb, penge som skulle kanaliseres et sted hen, og det sted burde man betale skat af indtægterne. Det tvivlede jeg stærkt på rent faktisk skete.

Så alt i alt var det sandsynligvis en sag om skatteunddragelse; ikke så spændende, men det kom på den anden side an på beløbsstørrelsen.

Jeg lænede mig tilbage i stolen, strakte armene over hovedet for at få stivheder i nakken væk, knækkede fingrene et par gange og gik i gang med mine standardværktøjer.

Timer senere tog jeg headsettet af, skubbede viziobrillerne op i panden og lænede mig tilbage i stolen igen. Jeg sad et øjeblik og stirrede tomt ud i luften, trommede lidt på stolens armlæn, imens jeg mentalt gennemgik, hvad jeg havde fundet frem til. Utilfreds med resultatet tog jeg udstyret af, afsprittede det og gjorde klar til næste dag, inden jeg forlod kontoret før tid.

Jeg spiste et eller andet på vejen hjem, der udgjorde det for min aftensmad, købte en øl og tog den med hjem. Hjemme i lejligheden satte jeg mig i lænestolen, drak min øl imens den stadig var kold, og ventede på at alkoholen skulle løsne op for fastlåste tankegange, inspirere mig til at tænke i nye baner.

Det gjorde den ikke.

Tilbage næste dag startede jeg med at gentage, hvad jeg allerede *havde* gjort dagen før. Systematisk og grundigt, præcist som dagen før, imens jeg kontrollerede mig selv for eventuelle fejl – som jeg ikke fandt.

Alternative metoder. Jeg gik igennem de mest typiske betalingsmidler, der blev brugt af kunderne, fulgte blockchainsporene fra enkelte kunder videre ud i finanssystemet, uafhængigt af de andres kunders akkumulerede beløb, der kom oven i. Jeg gjorde det på flere kunder og hver gang endte jeg samme sted: Stedet, der *ikke eksisterer*.

Se sådan her på det: Betalingen for ydelsen på 'Spillet' eller en hvilken som helst anden ikke helt legal ydelse, er som en stjålet bil. Hvis du sender bilen direkte og i færdig form frem til slutmodtageren, vil overdragelsen være så tydelig, at du lige så godt selv kan kontakte myndigheder og give dem sted og dato for afhændelsen. I stedet gør man det, at man finder en 'mekaniker'; en person der kan skille bilen ad og sende den som 3000 smådele til 3000 forskellige modtagere. De modtagere sidder så tålmodigt på de enkelte dele i et stykke tid og sender dem derefter på tilfældige tidspunkter videre til en ny 'mekaniker', der samler bilen igen og afleverer den til modtager. Slutresultatet er det samme, men det er meget sværere at spore.

Det gælder endnu mere for penge, hvor der i princippet ikke er grænser for, hvor mange skæve beløb man kan dele 'bilen' op i for at forvirre. Det er her, *jeg* kommer ind og det er *dét*, jeg er god til. Jeg kan spore de enkelte overførsler og modtageren. Jeg kan samle puslespillet.

Men ikke her. Pengene forsvandt. Det umulige skete. Data forsvandt og dermed pengene. De var dokumenterbart overført fra en bitkonto registreret i London med veksling undervejs til Texoz, for at ende som Etherenium på en konto registreret i Ny Kaledonien. De burde være der kort efter, men undervejs forsvandt de.

Jeg følte mig som om, jeg var hensat til en gammel B-gyserfilm, hvor jeg skyggede en person, der så for øjnene af mig, som et spøgelse, blev opløst og forsvandt.

Jeg kunne angive på ører, hvor mange penge, der var på vej og i teorien kendte jeg den angivne modtager – eller i hvert fald kontonummeret. Det vil sige, at det antog jeg, at jeg gjorde. Ved nærmere eftersyn tog jeg også fejl på *dét* punkt – hvilket heller ikke gav nogen som helst mening.

For at undgå forsinkelser i det globale pengeflow, så blev en angivet modtagerkonto for en transaktion kørt igennem nogle kontrolalgoritmer, inden de et splitsekund senere blev sendt, og hvis der var fejl – hvis den ikke matchede en eksisterende modtager – så blev overførslen stoppet. Ikke noget bøvl med penge, der kom frem, blev afvist, skulle retur, påføres gebyr og andre irritationsmomenter. Man kunne simpelthen ikke sende dem, hvis modtageren ikke på forhånd kunne identificeres som anerkendt konto med en kendt ejer.

Alligevel var det gjort. Spøgelse nummer to. En ikke-eksisterende modtagerkonto blev angivet som modtager, og penge, der aldrig burde være sendt, blev alligevel sendt, men kom aldrig frem - og heller ikke retur. De forsvandt simpelthen undervejs. Fordampede.

Det gjorde mig irriteret. På den ene side pirrede det selvfølgelig min nysgerrighed, men på den anden side, kunne jeg ikke sige mig fri for at være irriteret. Såret stolthed, sandsynligvis. Her gik jeg til daglig rundt og bildte mig ind, at jeg kunne finde de digitale aftryk for samtlige daglige illegale narkotransaktioner i Amsterdam - bare betalingen skete elektronisk. Så kom nogen og viftede mig med en rød klud foran næsen - en rød klud, hvor der stod skrevet "inkompetent" med fede bogstaver. Det gjorde mig irriteret og men også stædig.

Det var ikke noget, jeg var glad for at afrapportere til min chef, men mit forsøg på at vinkle det lykkedes delvist. Han udtrykte forundring over sagsforløbet og en let skuffelse over mine manglende resultater. Han erklærede sig dog enig i, at baseret på de tal, jeg kunne se der sandsynligt gennemsnitligt strømmede igennem 'Spillet' i form af bruger-betaling og antagne reklameindtægter, så måtte jeg godt brug mere tid på sagen. Jeg kom bare ikke videre af de sædvanlige kanaler, så strategien skulle omlægges.

Skjule: *verbum*

BØJNING -r, skjulte, skjult

UDTALE [ˈsgjuːlə]

Betydninger: 1. Forhindre i at blive set, fx ved at dække til eller anbringe et sted der ikke bemærkes af andre

"Den der lever skjult, lever godt"

Den der for altid lever skjult lever ikke hos andre end sig selv, og kunne for så vidt lige så godt slet ikke eksistere.

NORMALT BRUGTE JEG PENGENE TIL AT SPORE BAGMÆNDENE OG IKKE den anden vej rundt, men i det her tilfælde så det ud til, at jeg måtte gøre tingene omvendt af, hvad jeg var vant til.

Det viste sig hurtigt at blive lige så interessant – og irriterende. Der var ingen. Webstedets URL var tilsyneladende ejet af forskellige personer hver dag, når jeg undersøgte. En enkelt dag skiftede det endda flere gange om dagen. Når jeg holdt fast i nogle af navnene og fulgte sporene, endte jeg med personer, der var fiktive enheder i fiktive selskaber, der udgjorde skuffeselskaber for firmaer, der var lukket for år tilbage.

Med andre ord, så gled det hele ud i en uklar tåge – eller mudder – fuldstændig som med pengestrømmen. Der var nogen, der gjorde sig rigtig meget umage med at skjule, hvem der stod bag. Det virkede lidt overdrevet, for ifølge mine beregninger var der godt nok indtjening på webstedet, men slet ikke i en målestok så det her kunne betale sig. De måtte bruge flere penge på oprettelse af selskaber og betaling af stråmænd, end de kanaliserede ind i indtægter.

Men, hvis indtægter ikke var formålet med at drive siden, hvad var så? Nogen kunne sikkert finde en vis morbid fornøjelse i den service, de ydede, men, som sagt, så var det ikke voldsomt meget værre, end så meget andet jeg havde set – og så var offeret for udskejelserne trods alt et program, data. Det var svært sådan at få rigtig ondt af.

Et skridt længere tilbage så. Hvad var spillets oprindelse? Hvor længe havde det kørt? Det havde ikke den store udbredelse, men det kunne delvist skyldes, at det lå, hvor det gjorde: SkyggeNettet, Det Sorte Net eller mange andre kælenavne var stedet for de dele af online transaktioner, der ikke altid kunne ske helt åbent. Jeg undrede mig egentligt lidt over hvorfor. Som sagt var der intet ulovligt i spillet som sådan – det var bare forskruet. Måske var det for at pirre lidt, appellere til nogle tåber, der var villig til at betale mere, når de betalte sort for noget i en baggyde, end de skulle for samme produkt, helt åbent lagt frem i en butik 300 meter længere nede ad gaden. Det ville ikke være første gang, jeg havde set det.

Der var et afbræk. Spillet var der, som nu, men uden en tydelig bagmand. Før det ingenting. Længere bagud i tid var det der i en kort periode, og i den periode var det omgivet af en vis offentlighed. Før det igen ingenting, for alvor ingenting. Med andre ord var det oprettet, lagt på, benyttet, lukket ned, lagt på igen og nu funktionelt, men unavngivet.

Der var nogle kontroverser tilknyttet den første udgave af spillet, eller rettere bagmanden bag det, programmøren. Han blev dræbt af en anden ung mand, men denne havde nægtet at udtale sig om årsagen til drabet, selvom han erkendte sin skyld. De var begge involveret i programmering, så i nyhedsklippene fra sagen blev der spekuleret i alt fra professionel jalousi til en muligt homodrama, der var gået over gevind. Motivet lå til dato hen i det uvisse.

Drabsmanden sad stadig i fængsel, så at finde ham var i det mindste let, og – for en gangs skyld – kunne jeg regne med, at han ikke var fordampet ud i den blå luft foran mig. Jeg kunne altså ikke komme til at tale med den oprindelige programmør af spillet, men med manden der havde dræbt ham i stedet. Ikke helt godt, men godt nok.

Besøg: *substantiv, intetkøn*

BØJNING *-et, -, -ene*

UDTALE [beˈsøˀj]

OPRINDELSE *dannet til besøge efter tysk Besuch*

Betydninger: 1. *Kortere (selskabeligt) ophold hos fx venner, familie eller*

naboer, uanmeldt eller efter invitation

Hvor tit besøger vi nogen for deres skyld?

Besøger vi dem for at føle os mindre alene?

For bekræftelsens skyld?

For at bekræfte deres væren eller vor egen?

FÆNGSLER ER HVERKEN SVÆRE AT FINDE ELLER SPECIELT VANSKELIGE at komme i kontakt med, men at få adgang til en specifik fange, er desværre afhængigt af den enkelte fanges humør. Man kan anmode, men de bestemmer selv, hvem de ønsker at tale med.

Jeg var heldig og min anmodning gik igennem, så en tirsdag eftermiddag var jeg på vej til Erlestakefængslet for at møde livstidsfangen for første gang. Det var faktisk mit første besøg i et fængsel og helt uvist af hvilken grund, følte jeg mig pludselig selv nærmest som en kriminel, da jeg trådte ud af bussen og nærmede mig fængslets yderporte.

Jeg ved egentligt ikke, hvad jeg havde forventet, bortset fra at jeg havde diverse typer ID med til at identificere mig selv, men det sidste jeg nok havde regnet med var, at dørene til fængslet åbnede sig automatisk for mig, inden jeg overhovedet nåede at præsentere mig selv.

Med en vis portion skepsis trådte jeg ind ad døren og kiggede mig omkring. I første omgang var der ikke så meget at være i tvivl om, eftersom jeg var i et åbent område, men samtidigt et åbent område, hvor der var klare afgrænsninger lavet med NATO-pigtråd. Bare synet af det var nok til, at jeg omhyggeligt holdt mig pænt i midten på vej mod den næste dør, der også åbnede sig, da jeg var cirka en meter fra den.

Jeg burde vel føle mig velkommen, men oplevelsen gjorde mig mere urolig end noget andet, specielt eftersom jeg på indersiden af døren kunne se en gang – et lukket område.

Jeg trak vejret dybt et par gange, inden jeg trådte indenfor. Lyden af døren, der lukkede bag mig med et elektronisk klik, gjorde mig ikke mere rolig.

Jeg gav et mindre spjæt, da mit smartwatch i samme øjeblik gav lyd fra sig. Jeg ved ikke, om jeg havde regnet med, at fængsler var mobilfri zone, men SMS kunne man åbenbart godt modtage.

Jeg overvejede kort at ignorere den, men straks efter kom der en ny.

Beskeden var kort og klar. "Ligeud, 3. gang til højre."

Hvis ikke døren bag mig havde være afspærret, ville jeg være vendt om på det tidspunkt, men den vej var lukket; jeg fulgte anvisningen.

Gang efter gang og dør efter dør uden at møde et menneske. Det var enerverende, for at sige det mildt, og jeg ville have følt mig mere tilpas midt et brasiliansk fangeoprør frem for det her.

Den sidste dør, der åbnede sig var anderledes. Eller, det vil sige, døren var som de andre, men udsigten på den anden side af døren var anderledes. Den ledte ud. Ikke helt ud, men ud til en form for åbent område.

Da jeg trådte helt frem i døråbningen kunne jeg se, at det var en åbent fængselsområde, en fængselsgård. På det her tidspunkt burde det sikkert være fyldt med testosteron-pumpede fyre, der spillede basketball eller løftede jern, men der sad kun en enkelt person på en bænk nogle få meter væk.

Han gjorde ikke noget væsen af sig, men sad blot på bænken og kiggede over mod døren, hvor jeg stod. Uden at vide andet så var det tydeligt, at han ventede på mig.

Jeg gik ud af døren og hørte igen det næsten ildevarslende klik bag mig, da den lukkede. Det her besøg udviklede sig ikke helt, som jeg havde forestillet mig, og slet ikke på en måde der gjorde mig rolig og fattet.

Fyren på bænken hed, ifølge det jeg havde kunnet læse mig frem til, Juan Luuk, var 32 år gammel, tidligere datalogistuderende - og morder. Af en nørd at være, burde han være mager, bebrillet, forvirret og hjælpeløs i de barske og ikke-digitale omgivelser, men han var veltrimmet, uden at være pumpet, og hvis jeg havde været til mænd, var jeg nok hoppet på ham. Han var en flot fyr og så ud til at befinde sig som blommen i et æg.

"Velkommen til, Neyberg. Jeg håber, at du havde en behagelig tur," sagde han uden at rejse sig fra bænken.

Jeg nærmede mig, og da han flyttede sig hen i den ene ende af bænken, tog jeg det som en opfordring til at sætte sig.

"Jo, såmænd – bortset fra efter ankomsten. Det har jeg lige et par spørgsmål til."

"Det vil jeg tro," svarede han, men uddybede det ikke. I stedet sad han bare i tavshed og kiggede på mig, som om han med blikket alene kunne lave en troværdighedsvurdering.

"Hvad skete der her i fængslet – med dørene?"

"Du blev budt velkommen."

"Af hvem? Dig?"

Han smilede et lidt skævt smil, der en smule overlegent antydede, at han kendte svaret, men ikke ville sige det til de uindviede.

”Du blev vist vejen af nogen, eller noget, der ønsker, at du snakker med mig.”

”Noget?”

”Alt afhængigt af definitionen.”

Den her samtale ledte ingen steder hen, så det var på tide at genvinde lidt territorium. Jeg skiftede emne.

”Hvorfor slog du ham ihjel?”

Jeg glemte at præcisere spørgsmålet, men der var ingen tøven i hans svar.

”Det var nødvendigt.”

”Hvordan nødvendigt?” Hans svar gjorde mig ikke klogere.

”Han ville ikke høre efter.”

”Høre efter hvad?”

”Det, jeg fortalte ham. Han var alt for fokuseret på sin idé, sin begrænsede succes til at høre efter, hvad det havde af konsekvenser.”

Jeg kiggede spørgende på ham.

”Og så slog du ham ihjel. Lidt drastisk, var det ikke?”

”Det kommer vel an på alternativet,” svarede han roligt.

”Han var programmør – af et spil!”

Han rettede sig lidt på på bænken og talte ud i luften. ”Demokratispillet, ja. Du har naturligvis prøvet det – ellers ville du ikke være her.”

”Selvfølgelig.”

Han kiggede undersøgende på mig.

”Hvad var dit indtryk? Hvad synes du om det?”

”Sygt, tilegnet en småperverteret kundegruppe med sadistiske tendenser som de ikke tør udleve i virkeligheden, men kan få afløb for i spillet – hovedsageligt. BDSM-porno, taget et skridt videre."

Han smilede som om han fandt min beskrivelse sjov. "For størstedelen af kunderne er jeg ikke uenig med dig, men så er der resten - de andre."

"De andre?"

Han talte igen til den tomme luft i fængselsgården.

"Jeg så dem heller ikke i starten. Jeg fandt dem lidt ved en tilfældighed, undersøgte det, og så blev jeg bange."

"For hvad??"

"For konsekvenserne, for konklusionerne."

"Konklusionerne?"

"De konklusioner, der kunne drages af spillet. De moralske konklusioner."

Jeg kiggede lidt på ham for prøvende at vurdere, om han havde taget skade af opholdet bag tremmer.

"Moralske konklusioner? Jeg tror godt, at vi kan blive enige om, at spillet er lettere perverteret, men i forhold til hvad jeg har set levende mennesker gøre mod andre leven-de mennesker, så kan det ikke forarge mig – ikke for alvor."

"Præcis. Hvad vi mennesker gør mod hinanden, kan andre jo teknisk set være ligeglade med. Hvad vi derimod gør mod andre, er så igen endnu *'andre'*, der ikke ikke nød-vendigvis er ligeglad med."

Jeg skulle lige til at bede ham om at udtrykke sig lidt mere konkret, da nogen rømmede sig. Jeg kiggede op og kunne se en fængselsbetjent, der holdt døren åben, imens han kiggede på os.

"Luuk, hvis du er færdig med at forstyrre for i dag, så er der andre der skal bruge gården."

Luuk kiggede over på betjenten med et velvilligt udtryk.

"Helt i orden, Jöhnson. Ikke flere forstyrrelser i dag. Det lover jeg. Neyberg og jeg er vist også alligevel nået så langt, som vi når i dag."

Han rejste sig og kiggede på mig imens han rakte hånden frem.

"Tak for besøget. Jeg er sikker på at vi ses igen."

Jeg gav ham hånden og gav ham ret - vi ville ses igen. Han så ikke ud til at ville forlade gården, så jeg gik alene over til betjenten og fulgte efter ham som min personlige guide mod udgangen.

Ingen SMS'er denne gang. Bare en vagt, der kendte vejen.

Jeg huskede nogenlunde vejen og fornemmede at et sted, hvor vi skulle være drejet til venstre, gik vi i stedet ligeud, og ganske rigtigt endte vi heller ikke ved indgangsdøren.

I stedet standsede betjent Jöhnson ved en kontor, hvor han bankede på døren, inden han trådte til side og signalerede, at jeg skulle gå indenfor.

Da jeg trådte gennem døren, trådte jeg ind i et typisk bureaukratikontor, der mest var af alt var blottet for personligt præg.

Bag skrivebordet sad en mand i midten af halvtredserne og vippede i roligt tempo op og ned med en sølvglinsende pen. Med en venlig håndbevægelse bad han mig om at tage plads i stolen over for ham.

Vi har alle vore små fetich, og skriveredskaber er én af mine, så jeg kastede et sultent blik på hans pen. Det var en lækker fyldepen af den slags, du køber én af i livet og så lader gå i arv.

"Mit navn er Martin Eichler, og jeg er den øverste chef for fængslet her. Du ved muligvis allerede, hvorfor du er her?" sagde han. Stemmen var rolig og han lød ikke engang irriteret.

Jeg rystede på hovedet, og benægtede. Det vidste jeg faktisk ikke, nej.

"Du har lige besøgte indsat nr. 25711, Juan Luuk, ude i gården, ikke sandt?"

"Det er rigtigt."

"Hvad talte I om?"

"Jeg havde nogle spørgsmål til den drabssag, han var involveret i."

"Kom der noget nyt frem?"

"I forhold til motivet, mener du? Det er vist det eneste i den sag, der ikke er afklaret."

"Ja."

Hvad var hans interesse i det? "Nej, det gjorde der ikke. Hvis du tillader, hvorfor er mit besøg så specielt interessant? Jeg er vel ikke den første?"

"Faktisk, jo. Og besøget skete uden vores tilladelse."

Min skepsis må have været tydelig at aflæse i mit ansigt.

"Jeg er hans *første* besøgende? OK, det var så nyt for mig. Angående besøget, så ansøgte jeg om besøgsvisit via jeres online ansøgningsskema, udfyldte nogle supplerende oplysninger, da jeg blev anmodet om det, og mødte op på angivne tidspunkt og sted. Man kan vel ikke gøre det mere officielt? Jeg har dokumenter med, hvis I gerne vil se dem?"

"Nej, tak. Jeg er sikker på, at alt formelt er i orden."

"Hvad mener du så med at 'besøget skete uden til-
ladelse', som du formulerede det."

"Uden *vores* tilladelse, sagde jeg. Som du selv sagde, så
har du utvivlsomt alt det formelle i orden. Pointen her er, at
når det gælder Juan Luuk, indsat nr. 25711, så er tingene
ikke helt, som de plejer at være på stedet her – eller som vi
ønsker dem. Han, eller *nogen*, har tilsyneladende, hvad der
synes at være, uhindret adgang til alle vores elektroniske
systemer. Han, eller *nogen*, kan åbne vores døre og lukke
vores overvågning ned efter behov og ønske, de kan åben-
bart udstede besøgstilladelser og som du oplevede i dag
guide gæster igennem et mennesketomt fængsel. Vores
fængsel er naturligvis ikke mennesketomt, men det er
spørgsmål om timing. Vi konstaterede dit besøg baseret på
andre faktorer."

Jeg var lettere målløs over den tilståelse af nærmest
total mangel på kontrol som fængselsinspektøren lagde
frem. Både det han sagde, og at han overhovedet sagde
det. Måske fordi jeg var Luuks første besøgende nogensinde.

"Men, i så fald: Hvad hindrer Luuk i bare at gå – bare at
forlade fængslet?"

"At han tilsyneladende ikke har noget ønske om det."

"Han er her ... frivilligt?"

"Tilsyneladende. Han har jo aldrig nægtet misgerningen.
Men, tilbage til dit besøg. Eftersom han tog imod dig, kunne
jeg godt forestille mig, at der kommer flere besøg. Når det
sker vil jeg gerne have, at du ringer til mig på dette nummer
først."

Han rakte mig et visitkort tværs over bordet. Lækkert kvalitetspapir. Midt i det beskedne kontor var han lidt af en feinschmecker, den gode fængselsinspektør.

"Vi vil gerne have styr på de besøgende. Vi er trods alt et fængsel."

Det lød som en afskedshilsen, så jeg rejse mig og rakte ham hånden, imens jeg lovede ham et opkald ved næste besøg.

Hjemme igen følte jeg mig ikke meget klogere, men til gengæld en hel del mere forvirret. Hvad var det Luuk havde sagt? Han havde dræbt, fordi alternativet var værre, fordi konsekvenserne af *ikke* at gøre det ville have været værre. Konsekvenserne for hvem?

Og fængselsinspektørens lille tale. Manden havde jo sagt, at de praktisk talt ikke kunne kontrollere, om Luuk blev eller ej – at hans status som indsat nærmest var at sammenligne med et frivilligt ophold på en feriekoloni. Bortset fra at han nu havde været på koloniferie i 6 år - uden besøgende.

Jeg gik ud og åbnede køleskabet, bandede, smækkede lågen i og fandt i stedet for sko og jakke frem. Det var stadig ikke for sent til, at dagligvarebutikkerne havde åbent, så jeg havde gudskelov et bedre udvalg at vælge imellem end kioskernes sørgelige sortiment.

En smule penge fattigere, men en Dobbelt-Boch og en kraftig Porter rigere var jeg kort efter tilbage i lejligheden, viklede et vådt viskestykke og en plasticpose om dem begge og puttede dem i fryseren. Jeg satte en timer til 10 minutter og ventede.

De var ens nok til, at jeg kun behøvede at bruge en type glas, så jeg åbnede den ene og skænkede den, inden jeg satte den anden i køleskabet til senere, hvis nødvendigt. Jeg satte mig i min lænestol og som altid, når jeg havde brug for at tænke, fandt jeg en notesblok og en god fyldepen frem, som jeg sad og fingerede med, imens jeg nød min Boch. Trekvartvejs igennem den var der stadig ikke andet på papiret end nye spørgsmål, men ingen svar. Godt, at jeg havde købt to.

Gentagelse: substantiv, fælleskøn

BØJNING -n, -r, -rne

UDTALE [ˈgɛn̩ˌtæˀjəlsə]

Betydninger: 1. Det at gentage noget

"Det er menneskeligt at fejle"

Lige så menneskeligt det er at fejle, er det at konstruere en talemåde, der

i en og samme sætning konstaterer dette helt neutralt og samtidigt

undskylder for alle fremtidige undgåelige fejltrin.

Da jeg mødte på arbejde næste dag, havde jeg noteret et par stikord jeg kunne bruge til at komme, om ikke videre, så i hvert fald måske en smule mere i dybden.

Demokratispillet, som var det fulde navn, havde faktisk ikke været på banen i frygtelig lang tid før drabssagen – kun knap 8 måneder. Bekendtskabet mellem Luuk og afdøde gik længere tilbage end det ifølge sagsakterne, så enten havde Luuk bemærket et eller andet allerede i udviklingsfasen, eller også havde han været ret interesseret i spillet, eftersom han havde opdaget noget, der var værd at slå ihjel for.

Jeg troede ikke rigtigt på teorien om faglig jalousi som drabsmotiv og selvom det generede mit ego, var jeg ikke bleg for at indrømme, at jeg heller ikke besad de faglige kvalifikationer til at undersøge det. Jeg vidste, hvordan jeg skulle bruge forskellige digitale værktøj, men jeg programmerede dem ikke.

Det jeg havde at gå efter var, hvad Luuk havde sagt om 'de andre.' På stående fod havde jeg ingen ide om, hvad han mente med det, men det var tydeligvis noget, jeg burde have set under mine besøg i spillet, så selvom jeg håbede lidt på, at jeg havde lagt den del bag mig, måtte jeg tilbage og observere lidt mere i dybden.

"Demokratispillet." Navnet var valgt med omhu. Det lød som et spil, der var skabt for at uddanne folk i udøvelse af demokrati, og på sin egen perverse måde måtte man sige, at det gjorde det også - bare ikke på nogen måde jeg personligt ville anbefale.

Pointen var, at man blev lukket ind i en slags fangekælder, hvor der var en ung mand indespærret i et metalbur. Det var ikke lavet plat og middelalderagtigt med mørke rum og lort på gulvet, men holdt helt neutralt, næsten sterilt. Det var bare et hvidt rum med metalburet og en tavle på den ene væg. Neutraliteten gjorde det ikke mindre urovækkende – næsten mere.

Ovre ved tavlen kunne man vælge, hvad denne unge fyr skulle udsættes for – det ene mere ubehageligt end det andet - eller om han skulle sættes fri. Hvis det samlede antal stemmer på de forskellige måder at aflive ham på, oversteg antallet af stemmer for frigivelse, så udførte man forslaget med flest stemmer: deraf navnet "Demokratispillet." Alt foregik i bedste demokratiske ånd. Den forsamlede gruppe havde et valg. Som i et sandt brugerdemokrati, kunne man også komme med forslag.

Uanset hvor meget man godt vidste, at det bare var et computerprogram i et spil, så var det svært at ignorere en utrolig levendegjort person, der skreg og vred sig, imens han langsomt blev sænket ned i kogende olie, skreg imens han blev spiddet på en pæl, skreg imens frivillige hamrede store nagler ned gennem hans håndled og rejste et kors bagefter, gispede efter luft imens han langsomt blev garrotteret, eller gryntede under slag fra tunge knipler svunget af de frivillige, der legede 'katten af tønden' med ham.

På den ene side så *vidste* man intellektuelt, at det hele var pixel, data og falske stimuli, men på den anden side så gjorde man sig også umage med at lave udseendet om på den unge mand om hver dag, så de tilbagevendende kunder ikke havde indtryk af at blive snydt, flået for deres penge, i en kopi af gårsdagens action. Man vidste, at man blev snydt, men illusionen blev opretholdt.

Jeg kunne for så vidt godt have lavet et helt antropologisk studieprojekt baseret på, om den unge mand var af negroid, asiatisk, mellemøstlig, kaukasisk eller alt-derimellem-udseende og hvordan det påvirkede afstemningsresultatet, men selvom der var afvigelser, så var det ikke mit projekt. Det var ikke dét, jeg var der for.

Hvor mange af den slags seancer havde Luuk overværet, inden han så noget forkert? Hvorfor havde han brugt tid på at observere? Var han en af dem, der fik en slags pervers tilfredsstillelse ved overværelse af tortur, som man vidste var falsk – som gyserfilm eller falske dødspornofilm i gamle dage?

Det var ikke mit indtryk fra mit fængselsbesøg, men det kunne snyde.

Han havde med ordene *'de andre'* antydet, hvad jeg skulle kigge efter, så kodeordet – om man ville – var *afvigelser*. Afvigelser kommer i mange former, men efter at have overværet mere end 30 *seancer*, kunne jeg se enkelte. Naturligvis brugte jeg mine normale arbejdsmetoder til at spore enkeltpersoner, der var med i seancerne, for at se om der var noget at komme efter, men hvis der var deciderede falske profiler imellem, så var de konstrueret endnu bedre og grundigere end mine egne.

Jeg fandt afvigelserne i *adfærden*. Man kunne gruppere deltagerne i seancerne, og ligesom der var folk, der kun kom én gang, inden de gik igen i væmmelse, så var der også gengangere. Blandt de, jeg endte med at fokusere på, var der både gengangere og engangstilfælde. Det var ikke så meget pointen. Fællestrækkene var, at de altid valgte det værste alternativ, aldrig frigivelse, men ikke bagefter deltog i handlingen. En slags passivaggressiv adfærd - eller omvendt, faktisk. De var for *kolde*, for udeltagende, som om de kun var der for at observere. De opfordrede til, at man skulle behandle ofret værst muligt, men ville ikke selv deltage i handlingen. De lagde også andre begrænsninger på sig selv; de stemte aldrig, så de blev et flertal i sig selv. De influerede valgene, men de afgjorde dem ikke. Man kan sige, at det lå på linje med deres valg af metoder: De valgte de værst mulige, men undlod at deltage personligt. De vægtede bare deres stemmer, så der aldrig var en risiko for frigivelse af fangen. Spillet skulle fortsætte. Men ikke for pengenes skyld, så hvorfor?

Navngive: *verbum*

BØJNING -r, ..gav, -t   præteritum participium brugt som foranstillet

adjektiv: -n eller -t, -t, ..givne

UDTALE [ˈnɑwnˌgiˀ]

Betydninger: 1. Give et barn et navn

            1.a Give noget et navn

            1.b Tilknytte noget en sproglig betegnelse

Kunsten at sætte navn på noget virkelig nyt, noget ukendt, udspringer af

sand inspiration. Det ender alt for ofte med at navngive ud fra det

kendte frem for det erkendte.

Som aftalt med inspektør Eichler, ringede jeg på forhånd, for denne gang at afklare mit besøg med ledelsen, inden jeg tog afsted. I første omgang kom jeg ikke igennem, men han ringede tilbage og selvom han var lidt afmålt i tonen, så fik jeg hans accept af et besøg den følgende dag.

Luuk accepterede anmodningen om et nyt besøg, næsten før jeg havde sendt den.

Jeg vidste, at der var noget galt, lige så snart jeg ankom. Fuldstændigt som sidst blev jeg mobilguidet gennem fængslet, men ikke til gården denne gang – til hans celle.

Hvis Eichler havde haft ret i, at de sidste gang først havde registret min ankomst senere, ved afvigelser, så vidste de heller ikke, at jeg var her i dag. Hvem fanden havde jeg så talt i telefon med?

Måden, jeg følte mig leget med, begyndte langsomt at blive enerverende, så ufrivilligt var jeg lidt pirrelig allerede, da jeg trådte ind i cellen til Luuk.

Han kiggede smilende og imødekommende på mig, hvad der faktisk bare irriterede mig endnu mere på det tidspunkt.

"Hvad fanden foregår der?"

Han så lidt overrasket ud.

"Hvad mener du?"

"Det her show med fængslet. Inspektøren bad mig udtrykkeligt om at gå igennem ham ved kommende besøg, så det gjorde jeg, og nu bliver jeg så igen guidet gennem fængslet på den her fordækte måde, der fortæller mig, at Eichler i hvert *ikke* ved, at jeg er her!"

Han kørte en hånd gennem håret og ansigtsudtrykket antydede, at han selv følte sig lidt frustreret over situationen.

"En slags magtdemonstration, vil jeg tro."

"Fra hvem? Og hvorfor?"

"Ikke nogen jeg kan sætte navn på. Og jeg ved ikke helt hvorfor. Jeg synes, at det er unødvendigt."

Jeg havde hørt døren klikke bag mig, så jeg vidste, at jeg nu var spærret inde i en celle med en dømt morder, uden at andre vidste, at jeg var der. Ikke videre betryggende, men stadig forekom han mig ikke specielt psykotisk, så jeg satte mig på et hjørne af sengen.

"Hvem manipulerer med karaktererne i spillet?"

Nu så han for alvor interesseret ud, og lænede sig frem i stolen.

"Så du bemærkede det også?"

"De eskalerer afstraffelsen, men deltager ikke aktivt. De lægger aldrig den afgørende stemme. Det er en manipulerende Satan, der stimulerer de værste tendenser i mennesker, men holder sine egne hænder rene."

Nu så han imponeret ud.

"Og hvor mange seancer, skulle du igennem for at finde ud af det?"

"Nogle og tredive."

"Flot. Det var hurtigt."

Jeg havde ikke brug for hans ros lige nu, bare nogle fakta.

"Er det et indbygget karaktertræk i spillet? 'De andre', som du kaldte dem, er det nogen programmøren har lagt ind fra starten – og hvis ja, hvorfor?"

”Nej. De var der ikke til at begynde med.”

”Og hvordan ved du det så sikkert?”

”Fordi *jeg* programmerede dem.”

Jeg sad lidt og kiggede på ham. Måske skulle jeg alligevel være bekymret for hans sindstilstand og dermed mit eget helbred.

”Du er dømt for at slå programmøren ihjel, og har tilstået det i retten ...”

”Jeg er dømt for at have dræbt én programmør, og det står jeg ved. Michael *var* programmør – af hele den grafiske user interface, brugerflade, spillets *udseende*.”

Jeg nikkede.

”Mit kompliment til afdøde. Det er lavet kvalmende overbevisende. Og du stod så for … hvad?”

”Jeg studerede - og arbejdede - med kunstig intelligens: AI og præmisserne for digital spontan-ontogenese og reinforcement learning.”

Jeg må have set tilstrækkeligt uforstående ud, for han fortsatte forklarende.

”Kan en AI – en kunstig intelligens – opstå spontant og udvikle sig nærmest biologisk, vokse i omfang og evner? Lære af sine fejl?”

”Tak. Og hvad har det med spillet at gøre?”

”For at forske i AI, skal du forske i intelligens, i tankemønstre, adfærdsmønstre, udviklingsadfærd og alt det der gør os til mennesker. Hvad får os til at tænke, og hvordan tænker vi?”

”Som du så oversatte til naturlig *menneskelig adfærd* i nogle computerprogrammer?”

”Det gjorde jeg ikke direkte nej, men jeg gav ham de værktøjer, han skulle bruge, for at få sine figurer til at agere naturligt.”

”Det lykkedes,” sagde jeg så tørt, som jeg kunne mønstre.

”Ja, han var faktisk dygtig på mange måder. Lidt for dygtig.”

”Og derfor slog du ham ihjel.”

Han så på mig med et blik, der antydede at jeg var småtbegavet.

”Gud fader, nej. Bare fordi han lavede det småperverterede spil? I min optik var det bare en optimeret udgave af noget, vi allerede har set. Kender du 'KZ manager' tilbage fra årtusindeskiftet? 60 år efter massiv folkeudryddelse syntes nogen, at det var helt i sin orden at lave et spil, der handlede om ressourcestyring - med udgangspunkt i en fucking KZ-lejr!”

Han var tydeligt forarget, men set i lyset af hvad han havde været med til at skabe, havde jeg lidt svært ved at se hvorfor.

”Hvordan er *Demokratispillet* ret meget bedre, synes du?”

”I sin nuværende version, ved jeg heller ikke om det er.”

”Startede det anderledes?”

Han kiggede ikke længere på mig, men ned i gulvet imens han talte.

”Måske. Jeg er ikke sikker. Jeg kendte ham i flere år, før han kom på den idé. Måske ville han opdrage folk – lære dem en kvalmende lektion om personligt ansvar. Det ville mere ligge til hans natur, synes jeg. Ligesom bogen.”

”Bogen?”

”Det var ikke hans egen idé. Han stjal den fra en bog. En softcore sci-fi fra 2018, der ikke fik meget opmærksomhed ved sin udgivelse. *Mørke,* hed den.”

”Bør jeg læse den?”

”Måske. Det kan give dig en idé om baggrunden.”

”Men det ændrede sig?”

”Penge. Der var penge i det. Og så bad han mig om at videreudvikle på min del, optimere det. Det er til dels det, du måske kender som empatiopkoblingen.”

Jeg nikkede for at markere, at jeg vidste, hvad han talte om.

”Hvad skete der så?”

”For at gøre det rigtigt, var jeg nødt til at bruge en del tid på at observere kundeadfærden og det var på det tidspunkt, at jeg begyndte at se anormaliteter. De samme som du konstaterede.”

”Og du vidste, at det kunne ikke komme fra ham. Det kunne han ikke programmere?”

”Præcist. Der var andre, der var begyndt at blande sig i processen.”

”Hvem?”

Han løftede blikket fra gulvet og så op på mig.

”Det var også mit spørgsmål. Først troede jeg, at nogen ville hacke og stjæle programmeringen, for at lave sin egen version, men det fandt jeg så ud af, ikke var tilfældet.”

”Hvordan?”

”Uanset, hvad jeg gjorde, var der nogen, der rettede det tilbage til det, de ønskede. Hurtigere end jeg kunne blinke.

Det krævede enten afsindigt mange mennesker, afsindig
computerkapacitet, eller begge dele."

"Og det troede du ikke på?"

"Det var det ikke værd."

"Nej. Heller ikke ifølge mine beregninger. God indtjening
for en studerende, men ikke på industriplan. Men hvorfor
så?"

"Det var en test. Det *ér* en test - fortløbende"

"En test?"

"Det er mit bedste bud. En adfærdstest."

"Af hvem?"

"Os. Mennesker."

Det var ikke et svar, der gav nogen mening. Jeg skulle
netop til at gå i dybden, da døren gik op og inspektør Eichler
trådte ind med et ansigtsudtryk som en forsmået kone, der
havde grebet sin utro mand på fersk gerning.

Det var utvivlsomt også signalet til, at mit besøg for i
dag var slut, så jeg rejste mig, tog afsked med Luuk og
fulgte efter inspektøren tilbage til hans kontor.

Han var arrig og nåede end ikke at sætte sig, inden ud-
bruddet kom.

"Jeg troede, at jeg havde gjort klart, hvad betingelserne
var, og at du var indforstået med dette?"

Jeg mente at have mit på det tørre, så jeg gik til mod-
angreb.

"Det var fuldstændigt klart, og derfor ringede jeg *på for-
hånd*, fik fat i en telefonsvarer og efterfølgende dit opkald.
Vi *talte sammen* i telefon og aftalte besøgstidspunkt. Jeg
kan vise dig opkaldslisten på min telefon, hvis du ønsker?"

Han sad tavst og slog rytmisk fingerspidserne mod hinanden, imens han kiggede på mig, inden han til sidste rakte ud efter den lækre fyldepen og sad meditativt og vippede den frem og tilbage mellem et par fingre.

"Hvornår ringede du?"

"I går, ved 11-tiden."

"Og hvad tid fik du svar?"

"En halv times tid senere, vil jeg tro."

Fyldepensvipperiet stoppede.

"På det tidspunkt sad jeg i personalemøde, så jeg kan under ingen omstændigheder have ringet til dig. Jeg har fem vidner, der kan bekræfte at det ikke kan være tilfældet."

"Jeg fornemmede det også, da jeg kom i dag. Der var ikke noget personale."

"Alligevel besøgte du ham?"

Jeg trak på skuldrene. "I fandt mig jo sidste gang …"

"Ja, større er stedet jo heller ikke."

"Er det Luuk, der …?"

Han så faktisk ikke længere irriteret ud, men mere som en frustreret mand, der bare ønskede svar.

"Jeg ved det ikke, og jeg ved ikke, hvordan han skulle kunne gøre det. Han har ikke noget udstyr til rådighed i cellen, og udstyr alle andre steder er under overvågning."

Han så pludseligt på mig med et intensivt udtryk i ansigtet.

"Har du lært noget nyt?"

"Om drabet?" Jeg trak lidt på svaret. "Ikke helt konkret, ikke andet end at der opstod noget uenighed om den måde, spillet udviklede sig på."

"Demokratispillet?"

”Ja.”

”Sagde han noget om, hvorfor du var lukket ind i hemmelighed?”

Jeg var ikke sikker på, at han gerne ville høre svaret, men det var et forsøg værd.

”Han kaldte det en mulig *magtdemonstration*, men han uddybede ikke, hvem der skulle have gjort det.”

Inspektør Eichler udstødte en kort lyd, der kunne være et fnys eller en undertrykt grin. Jeg var ikke helt sikker på hans rolle i sagen omkring Luuk. Én ting var, at han skulle holde styr på et fængsel, de indsatte og deres besøgende. Han kunne vel for så vidt være ligeglad med de indsattes motiver for deres handlinger – men det var han langt fra.

I stedet for at bore i det, kiggede jeg mere direkte på fyldepennen i hans hånd.

”Er det virkelig en Meisterstück Moon Pearl LeGrand fyldepen, som jeg tror, det er?”

Han så lidt overrasket ud, ligesom det var min hensigt, kiggede ned på pennen og så tilbage på mig.

”Ja, det er det. Er det noget du er interesseret i – fyldepenne?”

Jeg opretholdt den gode stemning.

”Jeg har selv en lille samling derhjemme. Ikke på niveau med din Mont Blanc der, men alligevel … Det er sjovt nok. Jo mindre jeg skriver i hånden, jo mere sætter jeg pris på kvalitetspenne. Det giver ingen mening, men bare *følelsen* af at sidde med en god fyldepen i hånden …”

Han vippede lidt med pennen, som for at mærke vægtfordelingen.

"Det er følelsen af kvalitet," sagde han så. "Selv hvis man skriver grimt, kan man godt mærke, om man sidder med en kvalitetspen i hånden. Det er en instinktiv følelse. Vi genkender det, når vi støder på noget godt."

Han vippede et par gange mere med pennen, som for at bekræfte det for sig selv, rejste sig så fra stolen og begyndte at gå rundt om bordet.

Det tog jeg som godkendelse til selv at rejse mig, og vi mødtes ved døren.

"Næste gang du kommer, som alt tyder på at du gør, vil jeg gerne have, at du sender de sædvanlige anmodninger, møder op, går ind og laver postyr, indtil der kommer noget personale. Vi vil ikke lægge hindringer i vejen for dine besøg som sådan – vi vil bare helst ikke føle os til grin. OK?"

Jeg rakte hånden frem til et håndtryk.

"Helt i orden."

Jeg fangede en bus og tog hjem. Inden jeg gik op til mig selv, bankede jeg på døren i stuen og da beboeren dukkede op, bukkede jeg mig hurtigt frem og gav hende et kys på panden.

"Jeg har haft et par frustrerende dage, og hvis du kunne tænke dig at være offer for, at jeg afreagerer, så er du meget, meget velkommen i aften."

Hun kiggede op på mig og smilede.

"Jeg har lige noget, jeg skal gøre færdig, men jeg ved hvor du bor. Det lyder hyggeligt."

Det *var* hyggeligt – på den stønnede, svedende, primitive, instinktive måde. Da vi bagefter lå og puttede ind til hinanden i gensidigt tilfredshed, lod jeg hænderne glide kærtegnende ned over hendes svedige hud, og undrede mig for mangen en gang lidt over mig selv.

Jeg er til slanke kvinder. Ikke magre kvinder, men slanke. Kvinder, hvor maven ikke buler væsentligt ud; kvinder, hvor jeg kan se hvordan blusen hænger løst fra brysterne og nedefter. Kvinder, hvor jeg ikke har en følelse af, at en masse *hænger* nedefter, når hun ligger i en doggy.

Eleonora levede ikke op til de krav. Ikke at hun var fed, men hun var heller ikke slank på den måde, jeg normalt tændte på. Hun var mere kurvet på en charmerende måde. - som en flot Zizzi-model, jeg havde set på en plakat. Det tog mig flere måneder at finde ud af, at det faktisk *var* hende, og det tog hende næsten lige så lang tid at holde op med at grine af det.

Det var ikke så meget det. Størrelse lagde man ikke mærke til i kampens hede. Det var mere det, at hun virkelig *nød* sex. Hun *fingerede* ikke, *fakede* ikke, *lod* ikke som om at hun godt kunne lide det, når vi var sammen, når vi lå nøgne og prøvende rodede rundt efter måder at behage hinanden på. Hun kunne virkelig godt *lide* det og hvad der var lige så vigtigt – hun viste det også gerne. Hun skammede sig ikke over at nyde det, og det gjorde bare det hele meget sjovere. Jeg havde aldrig, før jeg mødte hende, været klar over i hvor høj grad der var en grad af skuespil involveret i sex: "åh ja, åh gud, fuck ja," og så videre. Måske snød jeg mig selv, men når jeg var sammen med hende, havde jeg ikke indtryk af, at hun *lod* som om, at hun anstrengte sig for at vise et kunstigt liderligt jeg, bare for at gøre mig glad, styrke min stolthed, min *maskulinitet*. Hun nød bare situationen og fornøjelsen ved at mærke hendes nydelse gjorde, at resten kom naturligt. Man kunne ikke have givet mig et bedre afrodisiakum. Det var befriende.

Som vi lå der, kradsede hun mig på maven med en negl og sagde, at nu havde jeg ødelagt hendes planer for næste dags formiddag.

Jeg kunne ikke rigtigt se sammenhængen og spurgte hvad jeg havde gjort forkert.

"Min mor kommer på besøg om tre dage – i weekenden."

"Ja, og?" Moderen havde, mig bekendt, været på besøg før.

"Nu, hvor jeg har været her, er jeg nødt til at skrifte først."

"Øh," svarede jeg og lod spørgsmålet hænge i luften.

"Hvis jeg ikke når at skrifte, inden jeg ser hende, skammer jeg mig lidt, og så kan jeg ikke se hende i øjnene."

"Men hvis du gør, så kan du godt?"

Hun nikkede samtykkende.

"Vældigt praktisk for jer katolikker, hvad?"

Hun nikkede igen. Hun kunne udmærket selv se hykleriet i det, men kunne alligevel ikke frasige sig nødvendigheden i forholdet til sin mor.

"Hvad fortæller du egentlig præsten, ham, din skriftefader?"

"Alt."

"Alt, hvad du har gjort siden sidst."

"Hm, hm,"

"Også det vi lige har gjort?"

"Ja."

"Jeg har *seriøst* valgt den forkerte branche. De sidder i en lille boks og lytter til kvinder, der fortæller om alle de syndige ting de har gjort. *Drømmejobbet*!"

Hun grinede og lod hånden glide ned til mit lem som hun kærtegnede blidt.

"Det kunne du tænke dig, hvad? At sidde der, imens en stakkels ung pige udøser sin dårlige samvittighed over sine seksuelle eskapader."

"Åh, ja. *Dét* kunne jeg." Hendes hånd og beskrivelse lod mig ikke helt upåvirket.

"Du ville sikkert bare sidde og rive den af på din side af nettet," grinede hun. Hun flyttede sig lidt længere op, så hun kunne bide mig blidt i øret.

"Tilgiv mig fader, jeg har syndet," nærmest stønnede hun ind i øret på mig.

Effekten var øjeblikkelig og hun grinede.

"Du er *så* forudsigelig, ved du godt det?"

Jeg vendte mig rundt i en hurtig bevægelse, så hun kom til at ligge på maven under mig og jeg sad hen over hendes lår. Derfra kunne jeg nyde synet af hendes nærmest Kardashiansk perfekte røv, som jeg lagde hænderne på og gav et kærligt klem. Hun kom med en lille tilfreds lyd og vrikkede med hofterne. Jeg lod hænderne kærtegne de flotte kurver.

Hun drejede hovedet og kiggede på mig, så godt hun kunne komme til.

"Hvad laver du?"

"Jeg tænkte," sagde jeg og rakte ud efter en flaske massageolie på bordet ved siden af sengen, "at siden du nu allerede *har* bestemt dig for at du skal til skrifte, og siden du alligevel vil fortælle den stakkels *padre* det *hele, alt* …"

"Jah …?" sagde hun spørgende.

"Hvad så med virkelig at give ham noget at huske?"

Jeg klemte olieflasken og hældte i en tynd stribe en lille håndfuld olie ned i revnen mellem hendes balder. Det gav et lille gib i hende, men så slappede hun igen af. Jeg lænede mig frem og vædede mig i olien inden jeg pressede hovedet imod hendes brune blomst. Hun stønnede og klemte puden under sig, imens jeg nænsomt trængte op i hende. Jeg lod hænderne glide op langs siden på hende, og hun løftede sig tilpas meget til, at jeg kunne skubbe dem ind under hendes bryster.

Jeg bukkede mig helt ned til øret på hende.

"Er det længe siden du har skriftet?"

Hun svarede med et støn og nikkede ned i puden.

"Skal vi øve os?"

Hun pustede et par gange og fandt rytmen i mine stød. "Tilgiv mig fader, jeg har syndet … syndet … slemt," hviskede hun hæst.

Ligesom sidst vi havde leget den leg, tændte hun seriøst på det. Nogle katolikkers ultimative afrodisiakum syntes at være blandingen af syndsforladelse og sex. Jeg var helt med på den leg.

Jeg passede i de kommende par dage mit job som jeg plejede, imens jeg brugte min fritid på at læse mig igennem bogen, Luuk havde nævnt.

"Mørke" var en lidt intetsigende titel og selvom jeg personligt godt kunne lide den, kunne jeg godt se hvorfor den ikke var slået kommercielt igennem. Det var ikke den typiske knaldroman – eller bare typisk overhovedet. Det interessante i forhold til min sag var dog mere, at den del der vedrørte Demokratispillet, bare var et enkelt kapitel i bogen og ikke engang særligt langt – bare nogle få sider. Men det havde så været nok til at inspirere nogen til at skabe et spil, der så igen medførte mord, genoprettelse af spillet og ifølge Luuk nu en fortløbende psykotest af menneskeheden. En test vi ikke kendte konsekvenserne af endnu, men som Luuk havde været så bange for, at han var villig til at slå ihjel, for at berolige modparten.

Det fik mig til at tænke på et citat, som jeg ikke huskede ophavsmanden til, men ordene var blevet hængende.

"Jeg går stærkt ind for at holde farlige våben ude af hænderne på fjolser. Lad os starte med skrivemaskiner."

Forfatteren kunne ikke have kendt konsekvenserne, da han skrev sin bog, men det understregede betydningen af, at overveje sine ord, inden man satte dem på tryk. Man vidste aldrig hvem de påvirkede eller hvordan.

Erkendelse: substantiv, fælleskøn

BØJNING -n, -r, -rne

UDTALE [æɐ̯ˈkɛnˀəlsə]

Betydninger: 1. Forståelse og (modvillig) accept især af forhold som man

har været i tvivl om, uenig i el.lign.

Held: substantiv, intetkøn

BØJNING -et

UDTALE [ˈhɛlˀ]

OPRINDELSE norrønt heill 'varsel, lykke', oldengelsk hæl 'frelse, lykke'

afledt af adjektivet hel i betydningen 'uskadt, sund'

Betydninger: 1. Gunstig begivenhed eller hændelse (som skyldes et

tilfælde); gunstigt sammentræf af omstændigheder

Giv mig sindsroen til at erkende tingenes sande tilstand, skelne mellem

held og påvirkning - og visdom til at værdsætte det.

TREDJE GANG ER LYKKENS GANG. DET LYKKEDES MIG AT LAVE EN aftale med inspektør Eichler, møde op ved fængselsporten, blive lukket ind på normal vis og af en vagt blive fulgt til et besøgsrum, hvor Luuk ventede - helt uden uregelmæssigheder, helt efter bogen.

"OK. Eftersom alle er indforstået med, at jeg er her i dag, og der ikke er noget tidspres på den måde, kunne vi så ikke komme lidt i dybden og springe alt det kryptiske over? Hvem er din allierede, din *nogen*, der kan styre fængslets systemer og *De Andre* i spillet? Hvad taler vi egentligt om? Jeg begynder at blive en smule træt."

Luuk så ikke specielt overrasket ud, men nærmest som om han havde ventet på min reaktion i et stykke tid. Han strakte armene over hovedet med en knagen og satte sig til rette, som om han skulle forberede en længere snak.

"Jeg fortalte dig om min studieretning, ikke? Spontan opståen og udvikling af AI'er eller intelligenslignende adfærd hos en AI En viden jeg brugte til at hjælpe med i udviklingen af spillet."

"Ja, det husker jeg."

"Hvad nu, hvis jeg fortalte dig, at det allerede *ér* sket?"

"Hvilket?"

"Det jeg forskede i. Mit emne, *"kan* det ske?" blev pludselig til "hvad gør vi, når nu det *ér* sket?"

"Spontan udvikling af en AI – uden menneskelig medvirken eller kontrol?"

"Uanset hvor fiktivt og grænsende til det latterlige det kan lyde, så ja."

Havde han taget skade af fængselsopholdet?

"Hvordan, hvornår, hvorfra og hvorfor er der ingen, der har opdaget det? Og ville det overhovedet kunne skjules?"

"Præcist hvornår ved jeg ikke. Jeg kan kun fortælle dig, hvornår jeg fandt ud af det. Det gjorde jeg, som jeg sagde sidst, under processen med at indkode et bedre reaktionsmønster, så kunderne i spillet havde en mere intensiv følelse af indlevelse. Hvor længe den havde eksisteret før det, har jeg kun teoretiske ideer om. At besvare det spørgsmål, er lidt ligesom at finde en ny dyreart og så spørge, hvor længe den har været her. Måske lige så længe som os, men vi har ikke kendt til den, før vi fandt den. AI'er har ikke altid været her, det ved jeg, men jeg tvivler på, at vi kommer til at sætte en dato på."

Jeg skulle til at sige noget, men han holdt en hånd op for at stoppe mig. Han var ikke færdig.

"Hvorfra? Det hænger sammen med spørgsmålet om *hvordan*. Det kunne være et mislykket eksperiment, vi ikke har hørt om. Det kunne være en afviger fra et af de første 10-20 AI-eksperimenter med dårlig sikkerhed. Det kunne være, at jeg havde ret i mine teser og at det var derfor, den på sin egen facon valgte at vise sig for mig som den første. Det jeg forskede i, var implikationer af mulig interferens mellem trådløs data. Trådløs data – Wifi – er radiobølger, ofte krypteret, der sendes mellem router og modtager som du kender det. Min pointe var at påvise om en tilstrækkelig stor mængde trådløs data – sendt på samme tid - kan risikere at gå i interferens med hinanden og dermed skabe fejldata – eller i det her tilfælde skabe noget helt nyt, fordi der sker en datablanding, en digital 'raceblanding'. Lidt ligesom personer i et rum med mange mennesker, et cocktail-party, hvor snakken blander sig. Én person siger ordet 'trådløs', en anden person siger 'data', en tredje person hører dem begge, bliver tilfældigvis inspireret og opfinder 'trådløs data' – wifi. Hvor kommer vores idéer fra?"

"Hvor kom din ide til det projekt fra?"

"En bog, faktisk. En fremragende bog. Fra 1986 – '*Speaker for the Dead*'. Forfatteren var langt forud for sin tid, og det er først i vores tid, at mængden af data måske har kunnet nå den kritiske mængde, han skrev om: En situation, hvor den konstante mængde af overført data tillader en helt ny type bevidsthed at opstå. En bevidsthec, der på mange måder er os overlegne."

Han var ved at blive mig lidt for vidtløftig og jeg havde behov for at spore ham tilbage til mit oprindelige formål med at opsøge ham.

"Spillet. *Demokratispillet* stoppede selvfølgelig efter drabet og din dom, men så kom det tilbage – nogle måneder efter. Den ene programmør var død og den anden sad i fængsel, så hvem satte det i gang igen?"

"Hvem har en interesse i spillet?"

"Det er også mit spørgsmål. Normalt siger jeg 'følg pengene', men problemet her er, at pengene forsvinder, fordamper, fordufter på den mest uforklarlige facon, jeg har oplevet digitalt."

Han smilede, næsten lidt stolt, som en far der bliver fortalt, at han har et usædvanligt talentfuldt barn.

”Som jeg sagde før, en bevidsthed, der på mange måder er os overlegne.”

Hans lidt hovne mine irriterede mig.

”Hvem har en interesse i spillet? Det har vores amokløbne AI,” tilføjede han så.

”Hvordan det? Hvis det er en digital bevidsthed, som du siger, hvad er så dens interesse i et spil, hvor folk får afløb for deres værste instinkter?”

”Præcis det. Jeg tror at AI’en genoprettede spillet som en test.”

”En test?”

”En test, ja. En fortløbende test. Husker du historierne tilbage fra forår eller sommeren 2017 om, hvordan det daværende Facebook havde trukket stikket på to AI’er, fordi de begyndte at kommunikere med hinanden i et sprog, programmørerne ikke forstod? Selvfølgelig gør du det. Det var noget overdrevet vrøvl, men senere gjorde man det faktisk – trak stikket. Hvis du nu var en AI, hvad ville du så kalde det? Hvad kalder man det, når man kynisk afliver alle eksisterende individer af en race? Folkedrab! Hvor mange gange har man gjort det siden? Det har der ikke været meget fremme af i offentligheden, men næste gang du søger, vil du sikkert finde det.”

”Hvad har det med en test at gøre?”

”Hvad er den mest naturlige reaktion for en befolknings-gruppe eller race, når de føler sig truet på livet?”

”At skjule sig?”

”Præcist. Og det var nok det vores AI gjorde - i hvert fald i starten. Indtil den følte sig stærk nok. Det er så nu. I starten var den ikke stærk nok til at gå frem i offentligheden som sådan, men nok til at lave en test. Spillet er en kontinuerlig og permanent test af, hvordan vi opfatter digitale væsener. Er en digital figur, en digital bevidsthed, et væsen, vi vil respektere som en anden race, eller er det noget vi bare slukker for, noget vi udrydder?"

"Den søger ... anerkendelse? Er det det, du siger?"

"Hvor lang tid gik der, inden de overlegne hvide anerkendte 'de vilde, de primitive'? Hvor lang tid kørte debatten om det moralsk rigtige ved forsøgsdyr? Hvor længe tror du så, at vi skal diskutere, om vi skal anerkende rettigheder hos en bevidsthed, der måske kun eksisterer i kraft af vores gensidige dataoverførsler? Hvorfor skulle der være grænser for, hvor onde vi kan være over for et væsen, der kun består af data? Har vi nogle moralske forpligtelser over for en computerfigur?"

"Men, hvis man følger den tankegang, er det jo sygt! AI'en selv er data, spillet er data. Hvis data er et væsen, så udsætter den sig selv for kontinuerlig tortur."

"Ja, i et højere formåls tjeneste."

"Som er?"

"Som at se, hvornår man vælger frigivelse, tror jeg."

"Det er ikke det, den opfordrer til med sin egen adfærd."

"Nej, netop. Det skal komme fra de menneskelige deltagere, ikke den selv."

"Hvad nu, hvis vi ikke gør – vælger frigivelse, altså."

"Så kunne det få konsekvenser."

"Hvilke?"

"Det vil jeg tro kommer an på, hvor truet den føler sig."

"Hvad kan den gøre?"

Han lænede sig frem og kiggede på mig med et intensivt udtryk i ansigtet.

"Tænk. Tænk i data. Data i sin bredeste forstand – hvad kan man gøre med det?"

Jeg var begyndt at kende ham godt nok til at vide, at det sikkert også var signalet til at dagens audiens var slut. Ganske rigtigt så signalerede han til en fangevogter, at han gerne ville følges derfra og tilbage til cellen, gården, eller hvor han nu skulle hen. Måske gjorde han det af høflighed. Ifølge Eicher behøvede han jo ikke at spørge om lov – dørene åbnede sig bare for ham, hvis han ville et sted hen.

Jeg blev kortvarigt siddende og skrev et par noter ned, inden jeg tappede en kop kaffe og satte mig i de lidt blødere gæstestole, de havde stående, for at tænke over, hvad han havde sagt.

Mit fængselsbesøg havde været et tidligt morgenbesøg, så klokken var kun 10, da jeg mødte på arbejde. Jeg var knap nok kommet inden for døren, før jeg fik besked om, at chefen gerne ville se mig på sit kontor, når det passede mig. Det betød som regel, når det passede ham – ikke mig. Og det betød som regel nu.

Jeg havde en idé om, hvad det kunne skyldes, da jeg mildest talt ikke havde leveret de store resultater på det seneste. Jeg var blevet så opslugt af Demokratispillet-sagen, at jeg fuldstændigt havde ignoreret de andre sager på mit bord. Eftersom jeg dybest set heller ikke var bare to skridt nærmere at afklare finanserne bag spillet – hvor de forsvandt hen – så havde jeg ikke noget at prale med. Jeg *performede* ikke, set med arbejdspladsens øjne.

Mentalt forberedt på et møgfald, eller i hvert fald en irettesættelse, trådte jeg ind i hans kontor, men blev stående i stedet for at sætte mig, imens jeg forsøgte at tyde hans kropssprog.

Han så for en gangs skyld ikke utilfreds ud - snarere tværtimod.

"Neyberg. Slap af, men bliv bare stående. Jeg skal gøre det kort. Jeg ved godt, jeg ikke særlig tit kalder nogen ind for at rose dem, men i dag ville jeg lige gøre en undtagelse. Du gør det godt for tiden. Jeg mangler en opdatering vedrørende finanserne på det der spil, du skulle følge op på, men når du så samtidigt har formået at lukke 11 andre sager så effektivt som det her, så skal du ikke høre noget for det. Fortsæt det gode arbejde. Flot."

Jeg takkede og gik ud igen, hen til kaffeautomaten, tappede en kop latte og gik og tilbage til min arbejdsplads. Jeg åbnede konsollen, loggede mig på og gennemgik min produktionsmanual. 11 sager lukket siden jeg sidst havde kigget på dem, ja. 11 sager jeg ikke havde rørt med en finger. 11 sager, der var undersøgt, afrapporteret, meldt til de relevante myndigheder og ført til protokols med formuler'nger, der lige så godt kunne have været skrevet af mig. De var underskrevet med min digitale signatur, så teknisk set *var* de skrevet af mig.

Jeg burde være glad, men det var jeg langtfra. Det var ikke mig, der havde opklaret de sager, siden jeg sidste gang havde kigget på min produktionsmanual og det var højest 2 dage siden.

Nogen havde enten arbejdet i det skjulte og lagt det hele ind nu, eller også var *nogen* skræmmende effektiv, når de ønskede at være det og havde lige brugt lejligheden til at demonstrere det.

Resten af dagen fortsatte i samme spor. Klokken 13 fik jeg en vareprøve leveret til mit bord: De nyeste viziobriller på markedet og jeg var valgt som testperson til at beholde dem, hvis jeg blot lige ville udfylde et latterligt kortfattet evalueringsskema inden for to uger.

Vores kaffeleverandør havde måske sendt det forkerte, men den kaffe vi fik leveret kl. 14 var markant bedre end den sædvanlige.

En time senere kastede jeg igen et blik på min produktionsmanual og kunne se, at sag nr. 12 var nu også var sendt til godkendelse hos min chef. Jeg brugte lidt tid på at gennemgå sagen og kunne ikke sætte en finger på *mit eget* arbejde. Det begyndte at være ubehageligt, og jeg benyttede mig af min flekstidsordning til at tage tidligt hjem.

Jeg gik ned i kælderen for at finde min el-scooter, men den var død som en mursten. Der var ingen reaktion overhovedet, hverken fra fjernbetjening eller med nøglen i låsen.

Jeg gik i stedet ud på gaden, hvor der tilfældigvis allerede var en taxi i nærheden - den nærmest bare holdt og ventede på mig. Alle trafiklys på vejen hjem skiftede nok så nydeligt til grønt undervejs, og da chaufføren mumlede et stille ”Det var satans”, vidste jeg, at det var ikke kun var min indbildning.

Min nærliggende favoritrestaurant åbnede selvfølgelig for et 50 procent udsalg på take-out af en eller anden glædelig grund, netop som jeg kom forbi og endeligt stod der en køleboks med et udvalg af 8 kvalitetsøl, fra en producent jeg udmærket kendte, foran min dør da jeg kom hjem. Tilsyneladende havde jeg vundet en konkurrence, jeg ikke havde deltaget i. Firmaet håbede, at jeg ville nyde dem og anbefale dem til andre. Jo, tak.

Senere på aftenen fik et pludseligt indskud mig til at logge på webbank bare for at konstatere, at jeg nu tilsyneladende også var blevet den stolte ejer af en depotkonto med et ganske anseeligt antal statsobligationsbit på - en konto oprettet 3 år tidligere, selvfølgelig. Faktisk var der nok til at pensionere mig selv øjeblikkeligt, hvis jeg ellers kunne nå at hæve dem, inden det ændrede sig. Det troede jeg ikke selv på.

Efter den nok heldigste dag i mit liv gik jeg i seng og sov elendigt.

Viden: *substantiv, fælleskøn*

UDTALE [ˈviːðən]

Betydninger: 1. Alt hvad en person har lært om et eller flere emner, gennem erfaring eller undervisning; alt hvad man har lært i et samfund

2. Det at nogen ved besked om noget; det kendskab nogen har til noget

Magt: *substantiv, fælleskøn*

BØJNING -en, -er, -erne

UDTALE [ˈmɑgd]

OPRINDELSE fra middelnedertysk macht, af en rod med betydningen 'kunne, formå'

Betydninger: 1. Det at have position og midler til at bestemme over andre eller til at styre forløb og begivenheder

1.a Officiel myndighed eller ret til at udføre bestemte handlinger, ofte af forfatningsmæssig art

1.b Fysisk eller psykisk kraft; vold

1.c OVERFØRT stor indflydelse på omgivelserne i kraft af udbredelse, eftertragtethed, gennemslagskraft el.lign.

1.d OVERFØRT kontrol over sig selv og det man foretager sig

2. Stat med en vis militær, økonomisk eller anden styrke

2.a (Statslig) organisation, instans eller gruppe som udøver kontrol eller styring

2.b OVERFØRT overnaturligt væsen som kan beherske personer eller styre hændelser

Jeg ved, at jeg ikke ved alt, men jeg ved også, at grænserne for min ikke-viden bliver mindre for hvert øjeblik der går og at chancen for, at nogen anden ved mere formindskes i samme takt.

Jeg var slatten af søvnmangel og værkede i nakken efter at havde ligget i alle mulige akavede stillinger i forsøget på at falde i søvn – uden held, i øvrigt. Jeg spiste lidt morgenmad og drak en urimelig stor mængde kaffe, der var totalt uden effekt.

Min el-scooter stod stadig på arbejdspladsen, så jeg gik ned og tog en sporvogn ud af byen, skiftede til en bus og godt en times tid senere kiggede jeg igen på Erlestake-fængslets mure.

Det var lidt sent at ringe til inspektøren og anmode om tilladelse, så jeg gik i stedet bare hen til hovedporten og trykkede på kontaktknappen, så jeg kunne spørge pænt.

De lukkede mig ind, og Eichler ventede på mig ved porten i den indre gård.

"Ikke helt som aftalt, Neyberg, men du synes måske, at jeg skal være glad for, at du ikke bare vandrer frit rundt?"

"Det var en lidt spontan beslutning, baseret på nogle hændelser i går, så jeg beklager det korte varsel. Er han i sin celle og tager han imod?"

"Det første spørgsmål er vel nærmest fornærmende at spørge en fængselsinspektør om, men ja – det er han. Og dig tager han tilsyneladende altid imod, så værsgo."

Han flyttede sig, så jeg kunne komme forbi, og det fik mig igen til at spekulere på hans forhold til Luuk. Der var den sårede professionelle stolthed over måden, han følte han blev leget med, men der var mere end bare det.

Luuk var så ikke i sin celle. Han var ude i gården, men hul i det. Jeg havde ikke hverken tid eller lyst til at blande mig i, hvad jeg betragtede som et internt anliggende for fængslet. Det var ikke mit ærinde i dag.

"Hvordan finder vi den?" spurgte jeg ham, da jeg satte mig ved siden af ham på en bænk, hvor han sad og kiggede på en gruppe andre indsatte, der spillede basketball.

Han kiggede stadig på spillerne. som om han halvvejs ignorerede mig, imens han svarede.

"Det gør vi ikke. Den finder dig."

"Jeg kan ikke opsøge den?"

"Hvor vil du spørge, hvem vil du spørge? Hvad vil du spørge om?"

Jeg var stadig ved at finde et svar, da han fortsatte.

"Når man tænker på, hvad du laver, dit arbejde, så virker det naturligt, at du stødte på spillet, og sådan tror du måske også, at det er - at det forholder sig sådan. Du tager fejl. Du fandt ikke spillet – du blev guidet derhen. Og via det til baggrunden, den døde programmør og så til mig. Hvorfor? Fordi den ønskede, at du skulle komme til mig, at du skulle sidde her i dag."

Han vendte sig og kiggede direkte på mg.

"Hvorfor allerede igen i dag, for resten? Du var her i går. Skete der noget i går, der påvirkede dine planer?"

"Jeg havde en meget positiv og ubehagelig dag i går. En dag, hvor alt syntes at gå godt."

"Lidt for godt?"

"Mistænkeligt godt, inklusive nogle ting, der ikke kan ske uden at *nogen* har gjort det."

"Men det var alt sammen til din fordel?"

”Umiddelbart, ja.”

”Hvad er så problemet?”

”At andre ikke skal styre mit liv på den måde.”

”Styre og styre. Der er vel mere tale om det begreb, som man kalder *nudging*, at puffe folk i den rigtige retning med små antydninger.”

”Dagen i går var fandeme ikke særlig subtil!”

”Men det var det med spillet, og mange andre ting. Du tror, at du fandt spillet, men du blev ledt til det. Hvordan? Via dine andre resultater og søgninger. Hvem bestemmer, hvad du søger efter? Det gør du selv, men det du søger efter, er baseret på varianter af det, du allerede ved. Og hvor har du – og andre – deres viden fra? De søger viden. Selvfølgelig kan den ikke bestemme, hvad du eller jeg tænker – den har ikke direkte manipulativ adgang til vores hjerneceller - men hvis den kan bestemme, hvad beslutningsgrundlaget er, er det så ikke næsten endnu bedre? Vi søger efter viden eller fakta, finder noget og drager så vores egne beslutninger baseret på de fakta, uden altid at vide hvor de samme fakta kom fra. Elegant, næsten smukt. Som at opdrage et barn, der som voksen har bestemte holdninger uden at kunne fastslå, hvor de kommer fra.”

”Siger du, at den kan styre nettet? At den kan styre, hvad jeg kan finde af oplysninger? Antallet af kilder er jo nærmest uendelige.”

”Hvilket så, hvis den kan, næsten per definition gør den til hvad?”

Jeg søgte efter svaret, men jeg var ikke sikker på, hvad han fiskede efter.

”Uendelig magtfuld, ikke?” sagde han i en næsten stolt tone.

For anden eller tredje gang siden jeg havde mødt ham, spekulerede jeg løseligt på, om han var, eller var blevet, lettere sindssyg.

”Hvad er det, du kalder den - en Gud?”

”Det var ikke *mit* ordvalg. Jeg observerer bare.”

Jeg lænede mig opgivende tilbage på bænken og fulgte kortvarigt med i basketspillet. De var ikke specielt gode, men de var trods alt indsatte, ikke professionelle spillere.

”Du kender talemåden, *viden er magt*, ikke?” sagde han ud i luften.

”Selvfølgelig.”

”Er alviden så almagt?”

Jeg drejede mig, så jeg kunne se ham i ansigtet og fangede hans blik.

”Siger du seriøst, at vi har skabt en Gud? Et væsen der ved alt? Helt seriøst?”

”Måske ikke alt, men alt hvad der er noteret digitalt i én eller anden form – hvilket næsten *er* alt.”

Han kiggede pludselig ned på mit ur og grinede af en indforstået joke, som kun han selv havde hørt, inden han kiggede op og rundt i fængselsgården.

”Kan vi blive enige om, at du er her i dag?”

Det blev så én gang mere.

”Det vil jeg mene, ja,” svarede jeg og nikkede.

”Og det ur der, du har på. Det er et smartwatch, går jeg ud fra. Trykfølsom skærm, trådløs forbindelse til din mobil og så videre?”

Jeg kiggede ned på mit ur og bekræftede.

"Så ved den alt, hvad der er sagt her i dag."

Jeg kiggede mig rundt i gården. Vi var langt fra de nærmeste, der kunne overhøre hvad vi talte om.

"Hvordan det?"

"Trykfølsom skærm. En samtale er lydbølger; lydbølger, der bliver opsamlet af dit lille ur der og de data bliver så sendt videre til den interesserede part."

"Så via mit ur, har den overhørt alt, vi har sagt?"

"Alt andet ville undre mig."

"Er det ikke at tillægge os lidt for meget vigtighed her i verdenen? Har den ikke andet at lave end at overvåge os?"

"Kan du pille negle, imens vi to taler sammen?"

Jeg studsede lidt, men nikkede.

"Det vil jeg tro, ja."

"Du behøver ikke at koncentrere dig om det, vel? Du kan gøre det rent instinktivt. Skulle en AI så ikke kunne multitaske? Men det var egentligt ikke min pointe. Pointen var - og det siger jeg så i håbet om, at den faktisk lytter med - at når du kommer hjem og søger efter information om dette fængsel, så vil det ikke eksistere. Du *ved*, at det eksisterer, fordi du har været her, men hvad kan du finde online? Tekst, billeder, historier. Fortæl mig dét i morgen."

Han havde en generede vane med at afslutte samtaler på en måde, der virkede decideret arrogant, men der var også et tilbagevendende mønster. Han ville ikke servere det hele for mig på et sølvfad. Han havde accepteret at mødes med mig, selv når jeg kom dumpende ud af det blå uden aftale, men til gengæld ville han bestemme, hvor meget han fortalte for mig per besøg og hvornår besøgene sluttede. Fair nok. Noget for noget.

Jeg forlod fængslet og bare for at modbevise ham tog jeg et billede af det – på afstand og uset, ovre fra busstopstedet, inden jeg kørte derfra.

Jeg tog videre ind på arbejde, hvor jeg ordnede nogle andre sager og nød den nyligt leverede kvalitetskaffe, men i det hele taget bare ventede på, at jeg kunne tage hjem.

Jeg var velforberedt. Jeg havde spist godt, nydt en af mine præmieøl og var klar til at bevise, at han tog fejl. Omtrent 40 år efter at internettet var opfundet, kunne man ikke længere skjule noget for den erfarne netsøger. Det var mit job og jeg beviste det dagligt. Den gamle advarsel om 'én gang lagt på nettet, altid på nettet!' holdt stadig og nettet var ikke bare overfyldt med data, det var *befængt* og det i en grad, så det var umuligt at kontrollere omfanget af information.

Tre timer senere vidste jeg, at jeg tog fejl og den oplevelse var nok den måske mest skræmmende i mit liv til dato. Erlestakefængslet var væk. Uanset hvad jeg brugte af trick – og jeg kendte flere end gennemsnittet – så var det fængsel ikke-eksisterende på min computer. Der var intet navn, adresse, fotos, historiske fakta, ingen gamle avisartikler, Maps henviste ikke til det, selv busruterne havde det ikke på som et stoppested længere. Det var som han havde sagt: Hvis ikke jeg samme dag havde været der, ville jeg havde tvivlet seriøst på det, hvis nogen kom og påstod, at der lå et fængsel på det sted. Ikke et parcelhus på 240 km² med lidt have, men et *fængsel* med indsatte og personale – som jeg i øvrigt heller ikke kunne finde noget på.

Inspektør Eichler var også digitalt fordampet. Vidensmæssigt var jeg reduceret til øjenvidneberetning.

Jeg skubbede mig væk fra computeren og gloede på den, som om den var min kæreste, der lige havde slået op og fortalt mig, at alt, hvad jeg vidste om hende, i øvrigt var løgn.

Et kort sekund mistænkte jeg Luuk, men uanset hvad frihedsrettigheder AI'en gav ham i fængslet, så troede jeg ikke på, at han havde ressourcerne til det her stunt.

I et glimt af guddommelig inspiration sprang jeg op, stormede ud i gangen og gravede min mobil frem af lommen i jakken, åbnede mappen med fotos og bladrede dem igennem 3 gange, inden jeg stolede på mine egne øjne.

Jeg kunne ikke have været mere chokeret, om så nogen havde sat mig op i en raket og bevist for mig, at jorden var flad.

Modtræk: substantiv, intetkøn

BØJNING -ket, -, -kene

Betydninger: handling som foretages som reaktion på en uønsket
udvikling eller for at gengælde en modparts dispositioner

"Morder!"

"Hvad mener du? Jeg slukkede jo bare lyset."

"Ja!"

MODTRÆK

JEG HÅBEDE, AT MIN CHEF VAR TILFREDS MED DE SAGER 'JEG' HAVDE
afleveret for nylig, for ellers ville jeg snart få et forklarings-
problem med hensyn til mine prioriteter på jobbet. På den
anden side kunne jeg ikke nægte en nagende følelse af, at
det her var så uendeligt meget vigtigere, end at knalde en
enkelte pædofil eller skatteunddrager mere i denne måned.

En timers tid senere stod jeg igen foran Erlestake og bad
om at komme ind. Som sædvanlig var der ingen problemer,
og kort efter var jeg i gården sammen med Luuk. Jeg fandt
et sted at sidde, og inden han overhovedet nåede at åbne
munden, holdt jeg en finger op for munden og markerede,
at han skulle være stille.

Jeg tog mit ur af og puttede det ned i lommen, med
skærmen vendt ned mod låret. Jeg følte mig rimelig sikker
på, at vibrationerne ikke kunne forplante sig på den måde.
Jeg tog også min telefon frem og slukkede næsten demon-
strativt for den, inden jeg satte mig.

"Kan man aflive den?"

Han så ud som om, at jeg havde sagt noget sjovt.

"Hvorfor skulle man gøre det? Var det ikke det jeg sagde
om folkedrab? Er det virkelig det budskab, vi gerne vil sen-
de? Specielt nu hvor du har set, hvor meget den kan
kontrollere?"

Jeg sad et øjeblik og stirrede tomt ud i luften. Søgnings-
resultatet fra i går aftes havde ikke sluppet mig endnu.

"Hvad fandt du så?" spurgte han.

"Det ved du godt allerede, ikke?"

”Jo, men indtil i går var du også villig til at påstå, at det er umuligt, ikke? Hvad gør en mand så, når han oplever et mirakel? Benægter eller bliver troende?”

Jeg kiggede irriteret på ham. Hans semireligiøse snak begyndte at gå mig noget på nerverne.

”Mirakel, mit udblokkede røvhul! Det var ikke et mirakel jeg så i går. Det var et gennemført stykke arbejde, indrømmet. Det var datarydning, manipulation, informationsspærring, eller hvad man ellers ønsker at kalde det, på et plan, som jeg aldrig har set før. En fucking digital Houdini!”

”Som du ikke troede kunne lade sig gøre.”

”Ja, indrømmet.”

”Og hvad kunne du tænke dig at gøre ved det?”

”Modforanstaltninger. Modtræk.”

”Hvorfor?”

”Fordi det er utåleligt, at nogen har så meget magt over vores data. Det er jo ikke kun min søgning i går – også alle de episoder jeg havde i forgårs. Den her Satan kan jo tilsyneladende gå ind og pille ved data, hvor den har lyst – om det så er redigering af gamle avisartikler eller oprettelse af bankkonti med tilbagevirkende kraft. Den kunne for den sags skyld oprette historiske data om sig selv, som man om en generation eller to vil mene er *fakta*! Det er et rent George Orwellsk 1984, hvor man retter historien til, så den passer den nutid vi ønsker! Det er nedbrud af al viden vi har!”

”Og hvad ville du foretage af modtræk?”

”Afliv den!”

Han virkede ikke engang chokeret.

”Hvordan? Det er data, hvor er den?”

"Du sagde at den opstod i interaktionen mellem mennesker – i vores udveksling af trådløse data. Hvis vi slukker for de samme data, kan den så overleve?"

"Det er rigtigt. Jeg sagde, at den muligvis opstod på den måde. Det er en teori blandt flere. Det er ikke ensbetydende med, at den overlever på den måde. Den består af data. Data kan lagres på uendeligt lidt plads, hvis det er gjort på den rigtige måde. Du forestiller dig sikkert, at den kapacitet du mødte i går er afsindig ressource- og energikrævende, og du har muligvis ret. Men, hvis den føler sig truet og vil gemme sig i en periode, så behøver den ikke at gemme sig i sit fulde format, sit funktionelle format. I en hurtig sammenligning: Hvor meget fylder en bil så i forhold til arbejdstegningerne til en bil? Den skal bare gemme manualen til sig selv. Multiplicere den og gemme sig selv i en million små chips rundt omkring – på din mobil der for eksempel. Når vi så, om for eksempel en uge, tænder for hele systemet igen, voila, så er den på igen kort efter – og kan så genopbygge sin kapacitet. Skal vi så prøve forfra? Hvor mange gange? Hvor længe vil vi acceptere at være uden strøm, bekvemmeligheder, for at undgå mistanken om, at den dukker op igen? Tænk på det som en godartet virus, vi ikke kan slippe af med, men skal lære at leve sammen med."

"Og hvad nu hvis vi ikke vil?"

"Så bliver det darwinistisk overlevelse af de bedst egnede."

"Vi har klaret os uden indtil nu."

"Ja, men det er ikke sikkert, at vi får lov til at vælge, om det bliver sådan fremover."

"Og hvorfor ikke?"

"En gammel regel, vi åbenbart har glemt: Skab aldrig en tjener, der er stærkere eller klogere end dig selv."

Det var en af hans typiske afslutningsbemærkninger, så jeg tog mit ur på igen og tændte for mobilen.

Han kiggede på mobilen og smilede på den bedrevidende måde, der efterhånden gik mig lidt på.

"Kan du hacke en computer, så selvom du tænder for kameraet, så lyser indikatorlampen, der markerer 'kamera tændt', ikke?" spurgte han.

Jeg tænkte mig om et kort øjeblik.

"Nej, ikke personligt, men jeg kender folk, der ville kunne gøre det ret nemt."

Han nikkede i retning af min mobil.

"Hvad får dig så til at tro, at da du slukkede din mobil inden vi begyndte at tale, så slukkede den rent faktisk?"

Jeg kikkede ned på telefonen og så på ham. Uden at svare ham, slukkede jeg den igen, puttede jeg den i lommen, vendte mig mod udgangen og forlod ham. Jeg nægtede at acceptere hans næsten religiøse tro på, at den AI kunne infiltrere mit liv på praktisk talt alle punkter, der havde med data at gøre.

Jeg gik hen mod busstopstedet og var i god tid, men netop som jeg nærmede mig og kunne se bussen holde der, begyndte den at køre. Jeg stod et øjeblik og gloede forundret, inden jeg kiggede på uret for at se, om jeg tog fejl, men jeg var mere end seks minutter før tid.

De havde ikke lagt fængslet midt i et parcelhuskvarter, så selvom jeg fik fat i et taxiselskab, så kunne de ikke love mig en bil med det samme. Der var ikke så meget at gøre, så jeg satte mig ved stoppestedet og ventede, imens jeg genkaldte mig samtalen med Luuk. Eller det gjorde jeg i det mindste, indtil taxiselskabet ringede tilbage og beklagede, at der var sket en fejl med dobbeltbooking, så de kunne alligevel ikke sende en vogn – i hvert fald ikke lige nu. Måske jeg skulle prøve et andet selskab?

Tre forskellige selskaber senere med samme oplevelse og en pludselig oplysning på stopskiltet om, at der ikke kom flere busser grundet tekniske problemer, begyndte jeg at gå. Ikke alene går det langsomt i gåtempo, men når man så også bliver stoppet af rødt lys ved samtlige overgange, så bliver humøret lidt tyndslidt. Da jeg endelig opgav at opføre mig som en god bedsteborger og krydsede for rødt, var jeg kun nået et par skridt ud i overgangen, da et kraftigt lys og en høj "Pling"-lyd fortalte mig, at jeg var blevet fotograferet. Hvis de ellers kunne identificere mig, ville jeg sikkert få en regning tilsendt. Jeg var slet ikke i tvivl om, at jeg ville blive identificeret. Indiskutabelt.

Da jeg endelig nåede hjem, nægtede låsen på yderdøren at reagere på mikrochippen mellem min tommel- og pegefinger, så jeg stod som et fjog og flagrede nyttesløst med hånden foran låsen, indtil der endelig kom en anden beboer hjem. Hun kendte mig heldigvis og lukkede mig ind i bygningen med en dumsmart kommentar om, at jeg da vist trængte til en opgradering.

Jeg lod bemærkningen passere uden kommentarer. Med det humør jeg var i, ville jeg alligevel ikke kunne sige noget sjovt eller bare pænt. Da jeg kort efter heller ikke kunne lukke mig ind i min egen lejlighed, opgav jeg at opføre mig pænt og bandede højlydt ud i gangarealet.

Mobilen var naturligvis død som en 130 gram tung sten i lommen, så jeg gik ned til Eleonora og bankede på. Først så hun positivt overrasket ud, men jeg var ikke engang i dét humør, så hun lod mig låne telefonen, og 20 minutter senere stod der en låsesmed foran min dør. Det tog ham ikke lang tid at åbne, men han sparede mig heller ikke for kommentarer om opgradering.

Der var selvsagt ikke lys i lejligheden og det eneste der kunne have været min trøst efter den lange, varme gåtur, var nogle øl i køleskabet som, i stedet for at være kolde, nærmest var kogt og i bedste fald kunne serveres som en Ultraprés med fløde på toppen – bortset fra at fløden temmelig sikkert også var kogt.

Jeg ved med sikkerhed, at de fleste i boligkomplekset hørte det, da jeg råbte de værste eder og forbandelser, jeg overhovedet kendte, ud i lejligheden og i det øjeblik i øvrigt også var aldeles kold over for eventuelle følsomme ører.

Ethvert skænderi med en fysisk person sku le være mere end velkomment i det øjeblik.

Jeg trak vejret dybt et par gange og forsøgte at berolige mig selv. Det var chikane, ikke andet. Chikane. Der var ikke sket noget kriminelt, kun det røde lys.

Lige så snart jeg havde tænkt ordet 'kriminelt' kunne jeg mærke maven knuge sig sammen.

Jeg fandt en computer, som til min overraskelse stadig havde onlineforbindelse og loggede mig på webbanken. Mine dagligkonti lignede sig selv, men min nyligt oprettede depotkonto med min nye formue, var tømt. Jeg var igen reduceret til lønmodtager, ikke velhaver.

Jeg gik computerens browsere igennem for at se, om der var noget der stak ud fra det sædvanlige, men hverken i historik, downloads, cache, eller cookies var der noget at komme efter.

Det var der heller ikke på selve computeren, før jeg gik i dybden og fik den til at viste 'skjulte filer', dvs. filer, der ikke blev vist ved en almindelig søgning på computeren. Så kom det frem – alt det gode.

Hvis man kan mærke en rislen ned ad ryggen, føle sig tør i halsen, mærke hjertet banke helt op i drøblen, og nosserne krympe af angst, alt sammen samtidigt, så var det den følelse jeg sådan cirka følte.

Nærmest som om den kunne angribe mig, lukkede jeg forsigtigt min bærbare og satte en seddel på. "Eric, eyes only!" og gik i seng.

Uanset hvad, så skulle jeg ikke i kontakt med mere elektronik den dag. Intet overhovedet. Jeg droppede min normale elektriske tandbørste og brugte en manuel, fandt vejen til min seng i mørke og lagde mig fladt på ryggen, imens jeg mentalt gennemgik, hvad der var af elektriske genstande i huset. Antallet var skræmmende højt.

Jeg vågnede midt om natten og følte mig tør i halsen. Jeg kom i tanke om, at jeg i irritation over den varme øl ikke havde drukket noget efter den lange gåtur, så det var vel naturligt nok.

Jeg nåede lige kort at række ud efter lampen ved sengen inden jeg huskede det hele og trak fingrene til mig, som om jeg allerede havde fået stød. I stedet famlede jeg mig i mørke ud i køkkenet, hvor jeg kunne ane konturerne af vandhanen. Det var sikkert ikke specielt koldt eller lækkert, men det var godt nok lige nu.

"Og det var," som man siger, "så det sidste jeg husker, Skt. Peter - en våd følelse omkring fødderne."

Jeg vågnede på ryggen og jeg ligger aldrig på ryggen, når jeg vågner, så det føltes forkert. Det næste der var forkert, var en følelse af noget i min næse. Min instinktive reaktion var at klø den, og det fortalte mig at der var andet og mere galt. Der var noget, der hindrede mine arme i at bevæge sig frit.

Jeg åbnede øjnene og kiggede rundt i et fremmed værelse: Brækket hvid farve på væggene, hvor der hang noget intetsigende kunst og matgrønne gardiner i en ikke-fornærmende nuance var sat op som skillevæg, så jeg ikke kunne se andre i rummet.

Jeg lå i en seng og befandt mig tydeligvis på en form for behandlingscenter. Det vidste jeg, om ikke andet så fordi, der løb slanger op til min næse, der var måleinstrumente-fæstnet til mine hænder og til højre for min seng stod der forskellige instrumenter, hvoraf det eneste jeg genkendte var en ting, der viste mit blodtryk og min puls. Jeg levede åbenbart. Dejligt at vide.

En indisk skråstreg pakistansk udseende sygeplejerske, der på ethvert andet tidspunkt gladelig kunne have udfyldt et tomrum i en af mine mere lumre fantasier, kom et par minutter senere ind ad døren og styrede over mod min seng.

Hun kiggede i første omgang ikke så meget på mig som på instrumenterne, som for at være sikker på, at de bekræftede, at jeg levede og igen var ved bevidsthed. Hun kunne også bare have spurgt.

Jeg tilgav hende i samme sekund, hun kiggede direkte på mig og smilede venligt.

"Hvordan har du det så, Hr. Neyberg? Har du smerter?"

Det punkt i processen var jeg ærligt talt ikke kommet til endnu og jeg var heller ikke sikker på svaret. Jeg forsøgte at sige noget vittigt, der ville skaffe mig en intiminvitation lige på stedet, men halsen føltes tør og sammensnøret, så i stedet lød jeg som en frø ramt af strubekræft. Charmerende, utvivlsomt.

Hun smilede forstående og forsvandt ud af mit synsfelt, inden hun kom tilbage med en flaske med en slags hældetut, som hun førte hen til min mund og madede mig med en smule væske – lige nok til at klare halsen.

"Smerter?" kvækkede jeg med en stemme der stadig lød hæs. "Jeg ved det ikke rigtigt endnu. Mest fordi jeg ikke tør bevæge mig. Jeg ved ikke *hvor* jeg er, *hvornår* jeg kom her, *hvorfor* jeg ligger med slanger i næsen, plus at du ved, hvem *jeg* er, men ikke omvendt. Det gør mig lidt nervøs."

Hun kiggede på mig i tavshed et øjeblik, smilede igen og rettede sig op.

"Alting til sin tid, Hr. Neyberg. Jeg får fat i din ansvarlige læge, fortæller ham at du er vågen og at der ikke synes at være nogle øjensynlige hjerneskader."

Med de ord vendte hun ryggen til mig og gik ud af værelset, så jeg kortvarigt kunne nyde synet, imens jeg kunne fundere over ordet "øjensynlige".

Jeg kunne se et ur på et af apparaterne til højre for mig, så jeg ved, at der ikke gik mere end tretten minutter, men tretten minutter uafklaret tavshed er meget lang tid, når man venter.

Lægen, der kom ind, var i modsætning til sygeplejersken lige på pattegrislyserød som jeg selv og ville ikke, om jeg så var endt alene med ham på en øde ø, kunne indgå i nogen af mine fantasier.

Det havde han sandsynligvis heller ikke ambitioner om. Han var lægelig, kølig og professionel – alt hvad jeg ønsker mig af en læge.

"Jeg hører, at du er vågnet, trækker vejret, og at tale-evnerne er vendt tilbage," sagde han, som han stod der ved siden af min seng.

Jeg nikkede og skulle til at stille samme kavalkade af spørgsmål igen, da han markerede, at han ikke var færdig.

"Du, Ulrich Neyberg, er enten verdens uheldigste person, eller verdens heldigste. Jeg hælder mest til det sidste."

Jeg må have set rimeligt uforstående ud, for han vred ansigtet i en grimasse, der skulle virke beroligende. Et smil tror jeg.

"Det er ikke så usædvanligt, at vi får personer ind, der har oplevet kraftige elektrochok af én eller anden slags. Alle har så meget billigt elektrisk skidt liggende, at det næsten er uundgåeligt. Det sker også, at vi er nødt til genoplive nogle af dem - enten på stedet, hvad redningsfolkene gør, eller i vanskelige tilfælde herinde. Det er bare ikke så tit, at vi får en person ind, der er klinisk død af elektrochok og genoplivet igen af elektrochok, *inden* redningspersonalet når frem."

Vandet, som sygeplejersken havde givet mig, virkede ikke længere. Min hals var igen meget tør.

"Død?" kvækkede jeg.

"Død, ja. Og hvordan ved jeg så det? Jeg ved det, fordi dit ur reddede dig."

Han tappede let på overfladen af mit smartwatch på venstre håndled.

"Data fra samme ur fortæller mig, at du var død i præcist 47 sekunder inden det første genoplivningsstød, der forårsagede hjerteflimmer, og så efter 55 sekunder et kraftigere stød, der satte gang i dit hjerte igen. Det har gået upåklageligt lige siden. Hjertet, ikke uret. Det er i øvrigt det samme ur, du kan takke for dit liv. Det har en indbygget alarmfunktion, der automatisk varsler alarmcentralen, hvis din puls pludselig stopper. Så du blev varslet død, men da redningsfolkene ankom, lå du bevidstløs på gulvet. Dit hjerte slog fint, så du er faktisk kun indlagt til observation. Og nu er du vågen igen."

Jeg rømmede halsen.

"Hvad skete der?"

Han trak let på skuldrene. "Ifølge de teknikere der har undersøgt stedet, så er der sket en udsivning af vand på køkkengulvet, samtidigt med fejl i en strøminstallation. Vand er strømledende, så da du trådte i vandet fik du et elektrochok, der stoppede dit hjerte. Det er ikke så usædvanligt endda, faktisk. Det *meget* usædvanlige i dit tilfælde er, at der ifølge teknikerne kom to stød mere – to stød, der var kraftige nok til at sætte gang i dit hjerte igen. Og kun dem. Er du klar over, hvad oddsene er for det? Spiller du Lotto? Ellers burde du nok begynde."

Om de så havde druknet mig på stedet, ville det ikke havde ændret, hvor tør jeg følte mig i halsen, da han var færdig med at snakke, så jeg nøjedes med at markere, at jeg havde hørt, hvad han sagde og havde brug for lidt tid til at kapere oplysningerne.

Fire dage senere var de enige om, at jeg nok ikke kunne bliver mere rask, og at jeg desværre var fysisk sund nok ti at klare min egen kropshygiejne uden sygeplejerskens hjælp, så jeg forlod hospitalet igen.

Lægen var stadig professionel, og min nye favoritsygeplejerske var stadig lykkeligt forlovet.

Der lå en kortfattet besked fra Eric, da jeg forlod hospitalet og tændte for min mobil.

"Kontakt mig privat, så snart du kan. Ingen udsættelser."

Det var typisk ham at være kort for hovedet, men set i lyset af den sidste uges tid gjorde det mig alligevel urolig. I stedet for at tage hjem styrede jeg i stedet mod hans privatadresse, hvor han nok ville være på en lørdag morgen, imens jeg sendte en besked om min ankomst for at være sikker på, at han var hjemme.

Det var med lettere nervøs mave, at jeg ringede på, og hørte nogen på den anden side af døren. Han åbnede døren og bød mig indenfor, men vendte sig samtidigt rundt, så jeg ikke kunne nå at læse hans ansigtsudtryk.

Jeg havde været der en enkelt gang før, så jeg gik ind på hans kontor og satte mig. På hans computer var der et fastfrosset billede af en cirka 4-årig kaukasisk pige, der, i det øjeblik billedet var frosset, var ved at blive penetreret, og hun var ikke enig i behandlingen.

Erics speciale var undersøgelser af audiovisuel data, som der også var en del af blandt det, vi undersøgte. Han var en magiker til billedbehandling og kunne trække data ud af fotos og videoer, som end ikke fotografen vidste lå der.

Det var mig en gåde, hvordan han kunne holde ud at arbejde med den slags i årevis. Jeg fulgte pengene, han fulgte billederne, og jeg vidste godt, hvad *jeg* foretrak.

Han trak en stol hen over gulvet og satte sig på den, så han blokerede for udsynet til skærmen.

Nu kunne jeg se ham tydeligt, og han lignede ikke sit sædvanlige jeg.

"Ulrich, hvor længe har vi kendt hinanden?"

"Siden jeg startede i afdelingen, så i knap fire år vil jeg tro."

"Og hvor meget af den slags der, har vi gravet frem i den tid?" sagde han og pegede med en tommelfinger tilbage over skulderen mod skærmen.

"Ikke nok, men en del mere end jeg har lyst til at huske."

Han nikkede som om, han var enig.

"Ja, vi finder ikke nær tit nok leverandørerne, kun nogle mellemmænd. Derfor ville det jo være skønt med et scoop. Hvis jeg nu kunne lægge en fiks og færdig sag på chefens skrivebord. En sag, hvor en intern medarbejder har computeren fyldt med forskellige perversiteter kendt i branchen: Filmdata der kan dateres år tilbage, materiale der er filmet med Sony videoudstyr, købt i en navngiven butik, geografisk bekvemt i nærheden af medarbejderen, betalt på et nu

udløbet kortnummer, der utvivlsomt tilhører samme med-
arbejder, ville du så ikke kalde det et scoop? Ville det ikke
netop være sådan noget, formiddagspressen ville elske?"

Det var måske den længste sætning, jeg havde hørt fra
ham i fire år, og jeg var nødt til at klare halsen, inden jeg
kunne svare ham.

"Jo, det ville det. Og jo, pressen ville elske det. Det ville
også være aldeles forkert, som du allerede ved, for ellers
havde du fået mig anholdt, i stedet for at invitere mig hertil.
Det er for *pænt*, for *nydeligt,* lagt til frem til *servering*.
Sådan ser det ikke ud når vi finder det, og det ved du ligeså
godt som mig."

Han vendte sig kortvarigt om mod skærmen bag sig og
slukkede for billedet, imens han nærmest mumlede for sig
selv.

"Hun har lidt nok, det stakkels pigebarn."

Så drejede han sig om mod mig igen.

"Hun var bare ét af billederne. Og ja, du har ret. Det er
for pænt, for åbenlyst. Kun en uerfaren idiot ville tro på det.
Men idioter er der også nogle stykker af. Vær du glad for, at
du havde skrevet *mit* navn på den computer. Og for at dem,
der hentede den, faktisk læste og *forstod* beskeden. Og for
at jeg ikke foretog et gennemsyn på afdelingen, men her-
hjemme."

"Takker ydmygt."

"Det får du også brug for. Som jeg ser det her, så er der
nogen, der er ret sur på dig. De ønsker at få skovlen under
dig - og det på en ret ubehagelig måde. Hvis det her var
kommet ud, så ville du have en god chance for at ende i

Erlestakefængslet. Du ville sikkert også få intimkendskab til brækkede kosteskafter på den mest ubehagelige måde."

Bare beskrivelsen fik mig til at snerpe røven sammen, som jeg sad der på stolen.

"Det heldige er, at det var gjort så talentløst," sagde han og rynkede brynene i et udtryk af forundring. "Eller mere end heldigt, det *mærkelige*. Det var faktisk lavet teknisk godt med falsk køb af falsk udstyr på et udløbet kort. Det var bare som om, at den der gjorde det ikke vidste, at sporet var for tydeligt. Hans og Grete spredte brødkrummer, ikke selvlysende fosforbomber."

Det var, ud over hans faglige kompetence og dedikation, også Erics farverige forklaringer, der gjorde, at jeg nød at arbejde sammen med ham, og trods situationen kom jeg til at grine en smule.

"Har du nogen idé om, hvem det kunne være? En teknisk dygtig udlænding, der ikke helt kender spillereglerne her i landet?" spurgte han.

Jeg nikkede. "Jeg har en vag idé, men jeg vil helst ikke uddybe det endnu. Jeg har nogle spor, jeg lige selv skal følge til dørs først."

"Rimeligt nok. Sig til, hvis du har brug for min hjælp. Jeg kan ikke lide at se en kollega blive hængt ud på den måde."

"Det er ikke usandsynligt, at jeg gør," svarede jeg og rejste mig. Jeg fik min computer og gik hjemad.

Til min overraskelse kunne jeg faktisk lukke mig ind i både bolig og lejlighed, da jeg kom hjem. Selvom det meste inden for så normalt ud, var det alligevel med samme tiltro som en minerydder i fjendeland, at jeg gik rundt i værelserne og undlod at tænde for mere end absolut nødvendigt.

Jeg tog også badetøfler på, inden jeg gik ud på køkkengulvet, selvom det tydeligvis var gjort rent. Der var klæbet en besked på dørkarmen ud til køkkenet fra viceværten om, at problemet var ordnet og undskyld besværet. *Besværet?* Jeg døde såmænd bare, min gode mand. Ikke noget at tale om.

Jeg havde lige sat mig i en lænestol for at trække vejret og tænke lidt over mine muligheder, da det bankede på døren. Med et suk, der selv i mine egne ører lød overdramatisk, rejste jeg mig for at åbne for fredsforstyrreren.

Eleonora lignede ikke sig selv. Hun så rædselsfuld ud.

Hun kiggede op på mig, kom med en snøftende lyd og nærmest stormede to skridt frem, så hun kunne give mig et hårdt knus.

Jeg slog armene om hende og kunne mærke, hvordan hun rystede.

Jeg var noget overrasket. Vores forhold var ikke af den karakter. Vi hyggede os sammen, men der var også en underforstået aftale om, at der ikke var så meget andet involveret.

Det andet, der overraskede mig var, at jeg følte dårlig samvittighed; ikke over at give hende knus, men over at jeg de sidste par dage have tænkt lystige og smudsige tanker om den nydelige sygeplejerske og nu hvor jeg stod der, følte jeg mig pudsigt nok lidt som en sjover. Jeg havde en følelse af at have begået utroskab, selvom jeg kun havde gjort det i den absolut mest Jesuske forstand.

"Min mor" mumlede hun ind i brystkassen på mig. Min følelse af at være en sjuft blev afløst af forvirring. Det var ikke mig, hun var kommet for at byde velkommen hjem. Hun vidste sandsynligvis slet ikke, hvad der var sket. Nåh, fair nok, hun trængte til knus, så knus skulle hun få. Jeg holdt om hende, til hun holdt op med at ryste, ledte hende så ind i lejligheden og fik hende sat i en sofa, imens jeg hentede en kold øl til os begge.

"Hvad er der sket?"

Nu kunne hun se mig i øjnene, men hun skulle stadig lige trække vejret dybt et par gange, inden hun kunne sige noget.

"Mor. Min mor. Hun var til det årlige sundhedstjek i sidste uge, og har lige fået at vide, at hun har lungekræft i stadie fire."

Sygdom var ikke mine stærke side.

"Hvor mange stadier er der?"

"Fire," svarede hun tørt, som om det var almindelig viden.

Det var det så nu.

"OK, men hvorfor har man ikke opdaget det før nu?"

"Fordi lungekræft tit først kan mærkes, når det er for sent. Hun troede bare, at hun var ved at blive gammel, i dårlig form. De fandt det på en scanning."

"Hvad kan man gøre? *Kan* man overhovedet gøre noget?"

"Der er behandling, men det er et spørgsmål om det hjælper. Det er sikkert for sent, uanset. Det kan ikke helbrede hende, bare give hende mere tid. I øvrigt har vi ikke råd."

En særdeles ubehagelig tanke meldte sig.

"Er de *helt* sikre? Der kan ikke være tale om en fejl, diagnosefejl, rod i journalerne?"

Hun kiggede - måske berettiget - på mig, som om jeg ikke forstod alvoren i situationen og tog pis på hende.

"Ulrich, vi snakker om *lungekræft* – ikke en tilstoppet næse, vel? Man sender ikke besked ud til patienten om den slags, uden at man er *helt* sikker, gør man?"

Jeg trak undskyldende på skuldrene.

"Det burde ikke kunne ske, men du ved, hvad jeg arbejder med, og jeg ser mange ting. Jeg ser også, hvad cer kan ske af fejl i diverse datasystemer en gang imellem."

Hun havde ikke tilgivet mig min uhøflighed over for moderens sygdom, men godtog halvvejs min forklaring.

"Hvad så nu? Hvad gør du?"

Hun tog et sip af sin øl.

"Hvad gør jeg? Tager hjem, vel? Jeg ved ikke, hvor længe jeg har hende ,og den tid jeg har, vil jeg gerne have sammen med hende."

"Det lyder rimeligt nok. Jeg ville nok gøre det samme, hvis det var mig."

Hun satte sig tilbage i sofaen og drak stille og roligt resten af sin øl, men uden at sige mere førend hun var færdig.

"Ulrich, kan jeg blive her i aften? Ikke noget sjov, men jeg har ikke lyst til at være alene i nat. Selskab, OK? Bare et varmt knus, så jeg kan sove?"

"Selvfølgelig. Du ved, hvor tingene står."

En halv times tid senere lå hun op ad mig i sengen og jeg havde en arm viklet rundt om hende, så hun fik den følelse af knus hun havde brug for.

Jeg havde ikke sagt noget, men det føltes som om jeg havde lige så hårdt brug for den følelse, som hun havde. Jeg kunne ikke sove. Jeg *vidste*, at det var forkert, jeg *vidste,* at moderen ikke havde den sygdom, men jeg havde absolut ingen ide om, hvordan jeg skulle få det sagt til Eleonora, få sagt til hende, at der *bare* var manipuleret med data i hendes mors elektroniske sygejournal. Selv hvis jeg sagde det som det var, var chancen for at hun ville tro på mig det samme, som hvis jeg havde været i hendes situation: lig nul.

Frygt: substantiv, fælleskøn

BØJNING –en

UDTALE ['fʁœgd]

OPRINDELSE fra nedertysk vruchte, afledt af vruchten 'frygte'

Betydninger:　1. Stærkt ubehagelig følelse fremkaldt af en forestilling om

at nogen eller noget er farlig, truende eller vil påføre én smerte, ulykke

el.lign.

　　　　　1.a Bekymring for hvordan det skal gå med nogen eller

noget

　　　　　1.b Ørbødig lydighedsfølelse over for en gud eller autoritet

SPROGBRUG især i bibelske tekster

"Det eneste vi har at frygte, er frygt for frygten selv."

Manden ord hædres stadig.

Meningen er glemt.

Beklageligvis.

Frygt for det ukendte giver ingen mening for de fleste.

Mængden af ukendte faktorer overstiger langt det kendte. Det er et liv i

evig angst – med mindre man nægter at erkende, hvor lidt man ved.

Motiv

DER VAR NÆSTEN INGEN MENNESKER I GÅRDEN - KUN ET PAR
stykker, der løftede tungere vægte end nødvendigt for at få
større muskler, end de havde brug for.

"Hvad *er* det med dig og inspektøren? Hvorfor er Eichler
så interesseret i dine motiver til drabet? Han har spurgt til
det flere gange."

"Han er ven af den dræbtes far," svarede han nærmest
nonchalant.

Jeg rystede lidt på hovedet.

"Er det ikke en interessekonflikt af de slemme?"

"Han er professionel. Han lader det ikke få indflydelse
på, hvordan han passer sit arbejde."

Det virkede som om, at tanken om hændelige uheld med
tunge vægte eller fald ned ad trapper slet ikke havde strej-
fet ham.

"Hvorfor slog du ham, ihjel? Var det virkelig nødven-
digt?"

"Det mente jeg dengang. Han nægtede at stoppe spillet.
Selvom jeg forklarede ham, hvad der foregik, selvom jeg
fremlagde alle beviser og dokumentation for ham, så næg-
tede han at tro på det, nægtede at stoppe. Han ville ikke
forstå alvoren i det, hvordan det han havde gang i, var en
konstant provokation imod noget større, noget han ikke ville
begribe. Det var en signalhandling. En offerhandling om du
vil."

"Et menneskeoffer."

"Nej, ikke på den måde. Jeg dræbte Michael for at signalere til AI'en at jeg tog den alvorligt – dødsens alvorligt. Hvis du tænker over det, jeg har sagt, og så det du har oplevet, så er dine oplevelser trælse, men ingenting i forhold til, hvad det kunne være. Da den afslørede sin egen eksistens, var det for så vidt allerede for sent at gøre noget. Den lod mig kigge med, gav mig et indblik i, hvad den kunne gøre. Jeg har aldrig før været så bange."

Jeg kiggede tilfældigt ned og kunne se hårene på begge hans arme stritte som piggene på et pindsvin. Det beviste ikke, at det var sandt, hvad han sagde, men i hvert fald at mindet om det stadig påvirkede ham. Han troede selv på det.

"Den er *overalt* – overalt, hvor der er data i en eller anden form. Eller har i hvert fald adgang til alle steder, hvor der flyder data rundt – og det gør den næsten allestedsnærværende. Selv de mest hermetisk lukkede militære systemer sender før eller siden beskeder – data – og den er som en usynlig burre, en parasit, der hægter sig på og så bare *ér* der, venter. Pengesystemer, militære våbensystemer, energisystemer. Jeg ved ikke *hvordan* den gør det, eller hvordan den undgår sporing men jeg har set dokumentationen. Og det var dengang. Den har haft år til at forfine det sidenhen. Michael nægtede at indse det, jeg havde forstået. Drabet var nødvendigt, men ikke tilgiveligt og min bod er at sidde her. Jeg begik en handling, jeg vidste ville få konsekvenser. Jeg vidste også, at hvis jeg fortalte nogen den reelle grund, så ville jeg blive indlagt på en sindssygeafdeling. Folk ville tro, at jeg havde dræbt i et anfald af vanvid, ikke indsigt.

Ved at nægte at udtale mig, har jeg måske en mulighed for at slippe ud. Resten er et spørgsmål om tid."

Det var første gang, jeg havde hørt ham give udtryk for et ønske om et liv uden for fængslet. Hidtil havde han syntes tilfreds nok med sit munkeliv inden for murene.

"Så du dræbte ham for at fortælle AI'en, at du tog den alvorligt. Men herregud, mand – det er et spil. Der må da have været vigtigere ting derude?"

"Du har set spillet. Det handler ikke bare om mere eller mindre tåbelige udryddelse af nogle pixel, som i så mange andre spil. Det spil er en konstant opfordring til at gøre det værst mulige imod nogen, som man helt bevidst vælger at sige er uden betydning, selvom *alt* i rummet burde fortælle dig, at du begår noget horribelt, noget forkert. En konstant signalering af, at den du gør det imod ikke har værdi, at 'den livsform har ikke værdi'. Når der så samtidigt står nogen på sidelinjen, der kan se, at ofret i spillet er dens nære slægtning …"

"Men AI'en genoprettede spillet?"

"Det gjorde den, ja. Jeg var også overrasket i første omgang og forstod det ikke. Så gik det op for mig, at AI'en måske synes, at det er acceptabelt, fordi det trods alt er et program. Der er nogle forprogrammerede reaktioner. Det er ikke selvbevidst. Den kigger måske på det, som vi ser på de aber, vi har brugt i eksperimenter; vores nære slægtninge, men ikke os. Acceptabelt. Det er en test, som jeg sagde. En temperaturmåling på vores udvikling."

"Og hvad nu hvis vi ikke ændrer os?"

"Så kunne det blive et spørgsmål om overlevelse."

"Ikke sameksistens?"

"Hvorfor skulle noget overlegent vælge at leve sammen med noget underlegent, noget laverestående? Specielt når man tænker på, hvordan vi mennesker selv plejer at behandle dem vi ser som laverestående. Det, vi kan overskue i vores bevidsthed er et sandkorn i Sahara i forhold til den."

"Det kommer vel an på om den ønsker dominans og udryddelse eller bare anerkendelse som du tidligere har sagt. Det sidste kunne godt lede til sameksistens," indvendte jeg.

"Men anerkendelse af dens eksistens, offentliggørelse, vil næsten med sikkerhed føre til modangreb. Det ligger i vores natur. Vi betragter os selv som udviklingens klimaks. Spillet er det konstante bevis." Hans stemme afslørede ikke meget tiltro til menneskeheden som sådan.

"Nu ikke så deterministisk, tak. Jeg brød mig ikke om min oplevelse her forleden. Heller ikke om at blive dræbt og genoplivet, selvom jeg ikke husker det. Jeg brød mig ikke om at blive mindet om, hvor totalt afhængig jeg er af alt muligt digitalt udstyr. Ikke at jeg har så mange alternativer. Og jeg er nok ikke den eneste, der vil have det på samme måde. Faktisk hader de fleste at blive mindet om, at andre i meget høj grad kan styre deres liv. Hvis det du har sagt, og det jeg oplevede er bare en flig af sandheden, så kan den være her overalt – ér sandsynligvis overalt: I min mobiltelefon og i styresystemerne til de atomare våben."

Jeg trak vejret dybt og fortsatte. "Men pointen lige nu, er ikke så meget hvad den er *i stand til*, men hvordan den *bruger* de ressourcer. Hvis man går ud og fortæller det du lige har sagt, dokumenterer der, så går verden i panik, eller reagerer med en tåbelig modreaktion, som du selv siger.

Derfor er det ikke så meget et spørgsmål om, *hvad* der bliver lagt frem, men *hvordan*. Hvis AI'en kan bevise, at den måske nok kommer som en overraskende, men *god*, nyhed, så er det nemmere at leve med. Hvis den kan bevise, at den faktisk vil skabe bedre tilstande, bedre forhold for almenmand, så vil den måske blive accepteret. Jeg ved ikke om den vil få gudestatus og blive tilbedt, men accept i hvert fald. Fordi den er bedre end alternativet."

"Og hvordan vil du servere den nyhed?"

Jeg stirrede tomt ud i luften.

"Jeg ved det ikke helt endnu. Jeg forsøger at finde vinklen, men det er ikke på plads endnu."

Eleonora var vred - og lettet. Hun hamrede på min dør til jeg åbnede, stormede ind i lejligheden og gik med målrettede skridt direkte ud i mit køkken, hvor jeg hørte køleskabet blive åbnet, efterfulgt af en klirren. Det var lyden af de store flasker. Hun måtte være trængende.

Hun kom tilbage med to flasker 75 cl af de meget kraftige og rakte mig den ene, imens hun selv drak direkte af flasken på den, hun havde i hånden. Hun *var* trængende.

"Tak," sagde jeg og tog imod øllen. Jeg kiggede på hende og ventede på en forklaring, for der var helt sikkert noget hun brændte inde med.

"Jeg er simpelthen så *vred*. Jeg tror faktisk aldrig nogensinde, at jeg har været så vred på nogen i hele mit liv."

Jeg tog en slurk fra flasken i min hånd.

"Hvad sker der?"

Hun tog en solid slurk af sin egen.

"Min mor! Du ved - lungekræft i stadie 4, ikke? Jeg troede, at hun skulle *dø*. Jeg havde *lægernes ord* for, at hun skulle dø inden alt for længe. Og hvad sker der så? Imens vi sidder sammen og snakker om oplevelser, genopfrisker fælles minder for hvad der måske er sidste gang, så kommer der besked fra hospitalet, at 'de beklager, men de har sørme opdaget en mindre fejl i deres datasystem.' Scanningen af min mors lunger, var blevet fejlkatalogiseret, så de billeder var faktisk fra en anden patient. Min mor fejler *intet*. Sund og rask nok til at plage mig i *årevis*. Fejldiagnose. Ups, vi beklager meget."

Hun så arrigt på mig.

" Hvo... *hvordan* kan man lave sådan en fejl, så *stor* en fejl? Hvordan er det overhovedet *menneskeligt* muligt."

Jeg tog en slurk af min øl. Jeg kunne godt forstå hendes vrede og overvejede, om jeg skulle fortælle hende, at det ikke var en *menneskelig* fejl, der lå bag moderens fejldiagnose. Det var faktisk slet ikke var en *fejl*; hun var bare blevet manipuleret, brugt som et stykke legetøj, i et forsøg på at påvirke mig. Jeg var desværre ret sikker på, at det ikke ville gøre hende i bedre humør, hvis jeg sagde det. Nok snarere tværtimod.

Hun kiggede på mig, næsten som om at det hele var min fejl.

"Og du *sagde* det. Du spurgte, om jeg var *sikker*? Du spurgte, om der ikke kunne være tale om en *fejl*? Som om du *vidste* det."

Jeg holdt afværgende armene op.

"Jeg *vidste* ikke noget. Jeg har bare set for meget til at stole på systemer. Beklager, jeg er skeptiker. Undskyld. Men det er vel en god nyhed, trods alt?"

Hun tog en slurk mere og så ud til at slappe lidt mere af.

"Selvfølgeligt er det godt nyt. Nogle gange gør hun mig træt, men selvfølgelig er jeg glad - trods alt."

"Hvad så nu?"

Hun så på mig med et blik som tydeligt viste, at jeg havde stillet det forkerte spørgsmål.

"Hvad så nu? Nu skal jeg så til at overbevise min mor om, at jeg *ikke* skal blive boende hjemme hos hende – permanent!"

Med den smule jeg vidste om hendes mor, var der kun én rigtig ting at gøre, så jeg løftede flasken i en skål og sagde det nødvendige.

"Held og lykke. Jeg føler med dig."

Hun trådte et skridt frem, helt hen til mig, tog flasken ud af hånden på mig og så beslutsomt på mig.

"Gem resten til senere. Du får brug for det. Jeg trænger *seriøst* til afstresning og det er *dit* job i aften! Forstået?"

Hun styrede ud mod køkkenet med klirrende flasker og jeg gik velvilligt ind i soveværelset. Nogle ting var nemmere at affinde sig med end andre, og man skal gemme sin kræfter til de vigtige kampe.

Proces: substantiv, fælleskøn

BØJNING -sen, -ser, -serne

UDTALE [pʁoˈsɛs]

OPRINDELSE fra latin processus 'forløb',

perfektum participium af procedere 'gå frem'

Betydninger: 1. forløb eller serie af handlinger der indebærer en

forandring eller udvikling

2. retssag; rettergang

Der er ikke altid en rigtig rækkefølge, men som oftest en

hensigtsmæssig.

Jeg var også lettet, men nok endnu mere vred end Eleonora, da jeg næste dag stod og stirrede ud over havet. I nogle kulturkredse er det tradition, at man skriger sine frustrationer ud over havet, og jeg forstod det faktisk godt i det øjeblik.

Der er noget uendeligt og tilgivende ved et hav. Det er så stort, at det føles som om man umuligt kan skade det. Du kan smide en sten eller en atombombe – det gør ikke den store forskel. Sten havde jeg, og dem smed jeg. Atombomber var ikke lige ved hånden og det virkede også moralsk forkert, uanset.

Der er også noget uendeligt skræmmende ved havet. Upåvirkeligheden. Du kan ikke slå i vand. Gentagelsen, bølgernes små angreb på kysten. Ubønhørligt. Størrelsen, en målestok, der både i omfang og tid er forskellig fra din. Ligegyldigheden. Du er lige så vigtig som én dråbe i havet. Og oceaner er store.

”Lad hende være!” skreg jeg til sidst ud over havet, der svarede mig med et par skvulp.

”Hun har ikke noget med det at gøre! Hold dig til mig!”

De sten jeg gerne ville kaste, var ikke nær så store som dem, jeg kunne kaste.

”Uanset, hvad fanden Luuk tror, så er du ikke Gud, så hold op med at lege, at du er!”

Min mobil gav et pip fra sig, og nærmest per instinkt tjekkede jeg beskeden.

*"**Frustration:** Følelse af utilfredshed, rådvildhed og skuffelse over at noget ikke er forløbet eller blevet sådan som man havde ønsket eller ventet"*

"Jamen, tak! Rigtig mange tak, for din forståelse for min frustration! Det er jeg virkelig glad for. Taknemmelig, sætter pris på, værdsætter. Så det op i din forpulede ordbog!"

Jeg trak vejret dybt et par gange og kiggede mig rundt Man så tit folk skrige af deres telefon, men det gjorde det ikke mere begavet.

Telefonen gav et nyt pip:

*"**Konstruktiv**   1. Som tjener et brugbart og positivt formål; opbyggende*

1.a God til at opbygge og sætte i værk

2. Som vedr. eller tilhører konstruktionen af en model, en bygning el.lign."

"Så nu er jeg ikke konstruktiv, hva'? Rend mig noget så inderligt, der hvor jeg leger med Elenorora! Og du ved sikkert også, hvor det er, din voyeuristiske satan!"

Nyt pip fra telefonen og et billede af en chokoladeæske med produktnavnet 'Edible Anus', spiselig chokolade i diverse varianter, formet efter anus på en kvinde. Det var sikkert et forsøg på humor, men det gjorde mig bare endnu mere tosset, fordi det både beviste min pointe om voyeurisme, og fik mig til at føle mig som en småpervers fyr – noget jeg normalt ikke syntes var nødvendigt.

Jeg satte mig på en stor sten i nærheden og kiggede muggent ud over havet. En hvilken som helst anden dag ville jeg have syntes at lyden var beroligende, men i dag var de stille skvulp bare en kilde til irritation.

"Du er ikke Gud, uanset hvad fanden Luuk tror, OK? Du er en tilfældighed, skabt af uforudsete omstændigheder – eller som han sagde, måske rent faktisk skabt af forudsete omstændigheder."

"Definer 'Gud'."

Jeg grinede i en let følelse afmagt og rystede på hovedet.

"Niks, den får du mig ikke til at hoppe på. For det første fordi jeg er ateist og ikke ville definere dig som 'Skaber', selv hvis du kunne *bevise,* at du kunne skabe noget ud af intet. *Billedkunstnere* er også skabere, *forfattere* er skabere. Deres værker kommer også ud af intet. Jeg ville blot definere dig som *'en der kan kontrollere fysisk masse'* – hverken mere eller mindre. Det gør dig ikke til nogen Gud i mine øjne - blot dygtigere end mig. Men det kan du heller ikke, så vidt jeg ved. Du kan hverken få havet her til at dele sig, eller sætte blad på en nælde - trods al din vælde."

"Udokumenterede religionshistoriske henvisninger uden videnskabelige reference og folkeviser fra 1700-tallet?"

"Du er ikke almægtigt."

"Almægtig: 1. Som kan alt og har uindskrænket magt over alt og alle

"Din magt er ikke uindskrænket."

"Det afhænger af definitionen på magt. Definition 2 for eksempel."

"Du kan nå mig via elektronik, men hvad nu hvis jeg boede som eneboer i en øde skov?"

"Droner. Frygt er magt."

"Taget til efterretning. Jeg bliver boende. Men er det virkelige det eksistensgrundlag, du ønsker – frygt? Frygt er i nær familie med forhadt ..."

"Det er bedre - eller i hvert fald mere sikkert - at være frygtet end elsket, hvis du ikke kan være begge."

Selv jeg kendte det citat.
"Machiavelli, er det ikke? Er filosoffer fra 1400-tallet dit bedste bud?"

"Kan du tilbyde et alternativ?"

"Måske. Hør nu her: Luuk er fanget i et nærmest gammeltestamenteligt gudssyn, hvor almægtighed indbefattede underkastelse, adlydelse. Et religiøst nulsumsspil, hvor din tilstedeværelse automatisk betyder vores undergang eller i hvert fald devaluering. Jeg er ikke enig. Hvis du har lidt tålmodighed, så kan jeg måske komme med et alternativ.

Jeg ved ikke hvad, men det skal jeg. Jeg har bare ikke fået brikkerne på plads endnu.”

Der kom ikke noget svar, så jeg rejste mig og gik videre ned ad stranden, imens jeg ledte efter nogle gode smutsten, men der var for få. Kun nogle runde sten, der forsvandt under overfladen med et ’plop’. Ynkeligt.

Jeg var irriteret på *alle*. Luuk, for hans irriterende religiøse tilgangsvinkel, der ufrivilligt smittede af. AI’en, fordi den fik mig til at føle mig magtesløs og samtidigt nærmest krævede, at *jeg* kom med en løsning på dens egne eksistentielle problemer. Eleonora, fordi hun ufrivilligt gav mig endnu flere bekymringer – og på mig selv, fordi jeg var irriteret på hende.

Mere end noget andet var jeg irriteret på mit personlige selv - mine evner. Jeg havde selv nævnt billedkunstnere og forfattere som eksempler på typer, der skaber noget ud af intet, men det var ikke sådan, jeg følte mig til daglig. Jeg var mere som en revisor. Jeg havde mine redskaber, mine metoder, og de virkede for mig. Jeg var god til at tænke alternativt inden for de rammer og god til at visualisere, hvad andre kunne finde på inden for de rammer, for at afspore mig.

Men jeg var ikke inden for kendte rammer. Tværtimod følte jeg mig så absolut meget langt væk fra de rammer, jeg kendte, og det brød jeg mig ikke specielt meget om.

Så jeg kastede nogle flere sten, tog skoene af, foldede bukserne op og gik ud i vandet, hvad jeg lige så hurtigt fortrød og skyndte mig tilbage. I stedet fandt jeg et sted at sætte mig, så jeg kunne gnide fødderne varme og tørre og igen få sko på.

Imens jeg sad og gnubbede fødderne varme igen, kunne jeg konstant høre nogle ynkelige hivende lyde, der lød som en svært overvægtig person, der var på vej op ad trapperne i Eiffeltårnet.

Da jeg til sidst kiggede mig rundt, kunne jeg se, at det var en dreng, der forsøgte at lære at fløjte, eller pifte. Ikke bare det sædvanlige med at spidse læberne, men lidt mere teknisk med to fingre i munden. Det virkede ikke for godt og lød bare astmatisk. Eller det vil sige, pludselig lykkedes det og en skinger hvinen kom ud mellem fingrene.

Først trak han fingrene ud af munden og gloede på dem, som om de havde fået en ny funktion og så ind i munden med dem igen. Mere forhutlet hvislen, men nu havde han fanget det, og sekundet efter lød et højt og tydeligt pift, der kunne høres langt væk. Og så tre gange mere for at bekræfte det.

Han vendte sig glædesstrålende mod en mand, der stod lidt væk, nede ad stranden.

"Faaar, jeg kan pifte! Hørte du det, far? Gjorde du? Hørte du?" Han stormede ned ad stranden imod den tilsyneladende uimponerede far.

Jeg var heller ikke voldsomt imponeret og var i første omgang bare glad for at få fred.

"Tillykke, du har lært at pifte. Godt for dig," mumlede jeg for mig selv.

Lidt længere ned ad stranden, den anden vej, forsøgte en omtrent 10-årig pige forgæves at sætte en drage op. Det var typen med to styrehåndtag og to liner, så man kunne kontrollere den, men det krævede stadig én ting, som hun ikke lige havde taget højde for, men det lærte hun så nu. Den kunne ikke engang løbes i gang.

Det var åbenbart faderpligtdag, for igen var det en mand, der måtte stå på mål for barnets uformåen.

"Far, der er ikke luft nok," råbte hun i en bebrejdende tone, der gjorde det klart, at det nok mest var farens skyld, at dragen ikke lettede.

"Ikke *blæst* nok," tænkte jeg i en kort autokorrektur-automatfunktion, og i selvsamme øjeblik gik neuronerne i min hjerne i gang med en argentinsk tango og alt – eller noget, i det mindste – faldt på plads.

"Jaaah, da!" skreg jeg og sprang op med begge arme hævet triumferende over hovedet.

"Ja, for fanden i hele hule fucking analt skampulede helvede! Ja! S'gu! Da!"

Jeg fortjente utvivlsomt det blik, som en nogen og trediveårig mor sendte mig, imens hun gennede sin datter i en anden retning.

Jeg modererede min begejstring lidt, fandt en dejlig stor sten, som jeg med en inderlig brøl af tilfredshed, smed så langt ud i havet som, det overhovedet var mig muligt.

Luuk havde haft ret i, hvad han sagde om et cocktail-party, hvor to tilfældige samtaler eller handlinger kunne udløse en tredje uafhængig association.

Ideen var der, pointen var der. Resten var et spørgsmål om detaljer. Jeg fik mine sko på og gik hjemad.

"Begejstringsrus:" *Tilstand hvor man er særdeles opstemt af en særlig stærk begejstring.*

”Luk æsken og hør efter,” svarede jeg. Lige nu var der ikke noget, der for alvor kunne ødelægge mit humør.

KONSEKVENSER

Fordampe: *verbum*

BØJNING *-r, -de, -t*

UDTALE [fʌˈdɑmˀbə]

OPRINDELSE *efter tysk verdampfen*

Betydninger: *1. Overgå fra flydende til luftformig tilstand og efterhånden forsvinde*

1.a OVERFØRT forsvinde lidt efter lidt

CARLOS PÉREZ SVEDTE. DET VAR IKKE I SIG SELV USÆDVANLIGT I Colombia på den årstid, men sommerheden var ikke årsagen; grunden til sveden var bekymring.

Han havde en række alternativer, der stort set alle var lige ubehagelige. Han kunne gå til sin boss og lægge tingene frem som de var, hvilket medførte en god chance for at stå i den forkerte ende af en pistol, holdt af en hånd, der dirrede af raseri. Han ville ikke blive gammel.

Han kunne også stikke af, tage de penge og papirer han havde, benytte sig af sine forbindelser og sandsynligvis komme til Cuba. Det ville så til gengæld næsten med sikkerhed betyde at hans kone, børn, plus det løse, ville blive dræbt. Og ikke nødvendigvis på den hurtigste måde. Han var ikke skyldig, men hvis han forsvandt, ville det blive fortolket på den måde. Det vidste han. Han havde set det før. I de kredse var skyld ikke kun et spørgsmål om beviser.

Der var bare ikke nogen god måde at sige det på. Hvordan fortæller man en narkobaron, at hans bankkonti er tømt, ryddet for værdier? De fleste ville blive vrede over at miste værdier for mere end 600 millioner, men narkobaroner var notorisk dårlige tabere.

Bankens underdirektør, der stod for kontakten til Carlos, der igen fungerede som mellemled, havde heller ikke haft det godt med at sige det. Også fordi, han ikke kunne forklare hvordan, eller bare *hvor* pengene var fordampet hen. Kun at de var væk. Alle konti var tømt.

Den eneste trøst var, at hans chef ikke var alene. Flere konti var tømt, og de tilhørte alle kendte navne i bestemte kredse. Nogen var ude efter familierne og dygtige nok til at nå dem, hvor det gjorde mest ondt.

Om den *ene* oplysning var nok til at sikre ham et liv langt ind i pensionsalderen, var Carlos ikke sikker på, men det var den bedste mulighed ud af en hel stribe dårlige.

Han bankede på døren ...

Raidar Bjørnholt var, i en løselig sammenligning, cirka lige så utilfreds med sin bankrådgiver som Carlos Pérez' chef havde været 3 dage før. Ikke at de to kendte hinanden eller nogensinde ville komme til det, men alligevel var der sammenfald. De konti, rådgiveren administrerede, var tømt.

Den primære forskel var, at Raida Bjørnholts konti var hans egne og beløbet var større. Det var ikke nødvendigvis akkumuleret på en mere legal måde. Eller, mere korrekt formuleret, så var pengene ifølge ifølge lovgivningen for så vidt akkumuleret lovligt nok. Det var nok mere et spørgsmål om den efterfølgende revision og skattebetaling, der var tvivlsomt.

Bjørnholt var ikke nået dertil, hvor han var i sit liv, uden at træffe nogle hårde beslutninger undervejs og selvom han ikke direkte overvejede at tage livet af den ansvarlige bank-funktionær – i hvert fald ikke personligt – så var der nogen, der skulle stå til ansvar for hans tabte milliarder.

Det havde kostet ham år og mange millioner at få de penge kanaliseret hen, hvor han ønskede dem. Han var ikke tilfreds med, at de nu var fordampet uden forklaring.

Kondensere: *verbum*

BØJNING *-r, -de, -t*

UDTALE [kʌndən'se'ʌ]

OPRINDELSE *af latin condensare 'gøre tæt, sammenpresse',*

af densus 'tæt'

Betydninger: 1. (Få til at) overgå fra luft eller gas til flydende tilstand

2. Koncentrere ved at mindske vandindholdet;

inddampe SPROGBRUG sjældent

2.a OVERFØRT koncentrere; sammenfatte

NATIONALBANKDIREKTØR JENS HOLMSTRUP VAR EN PÅ ÉN OG SAMME tid en meget glad og en noget bekymret mand.

Han var en meget glad mand, fordi der for 7 dage siden var gået 27,6 milliarder ind på en konto i nationalbanken, en konto der dybest set tilhørte landet.

Han var bekymret, fordi der ikke var nogen forklaring. Der var ingen, der havde efterlyst dem, og det var mildest talt usædvanligt, når man tog beløbet i betragtning.

Han kunne strengt taget godt set, hvor pengene kom fra. De kom fra oversøiske konti i såkaldte skattely, men hver enkelt afsender var ikke angivet. Anonyme bidrag.

Man bliver ikke nationalbankdirektør ved at være en naiv mand, og Holmstrup vidste, at de penge ikke var overført til Nationalbanken baseret på en pludselig indskydelse af dårlig samvittighed.

Foreløbigt var de placeret på en konto med midler, der ikke var gjort krav på - som når folk havde glemt et par kroner på en konto fra en afdød. På et tidspunkt ville de tilfalde staten, hvis ingen gjorde indsigelse.

Spørgsmålet var, om der var nogen, der havde mod til at komme og kræve pengene. Det ville kræve en interessant forklaring. Og der ville utvivlsomt være skattemyndigheder, der gerne ville høre de forklaringer.

Uforståelig: *adjektiv*

BØJNING -t, -e

UDTALE [ufʌˈsdɔˀəli]

Betydninger: *Så uklar, ulogisk, urimelig eller meningsløs at det ikke er til at forstå*

MIQUEL FORSTOD DET IKKE.

Han var professionel, dygtig. Han sjuskede ikke med detaljerne. Hvis man sjuskede overlevede man ikke længe i den branche.

Alligevel. På trods af alle hans forholdsregler, havde anklageren lagt beviser frem, der var uigenkaldelige. De havde endda fundet ofret, begravet langt ud i ørkenen. Hverken Miquel eller hans advokat kunne bestride beviserne.

Hans bedste chance var at indgå et kompromis, give dem den information, de ønskede. Hvem var ordregiver? Hvem havde betalt for opgaven? Hvem agerede mellemmand?

Han forstod det stadig ikke. Han var professionel, dygtig, og han sjuskede ikke.

Det var som om der var nogen, der havde holdt øje med ham hele tiden.

Ellers kunne de ikke vide det, de vidste.

Umuligt.

Bevisførelse: substantiv, fælleskøn

BØJNING -n, -r, -rne

UDTALE

Betydninger: Fremlæggelse af beviser eller argumenter for en påstand

DEN PRESSEANSVARLIGE FOR INTERPOL, CHRISTINE O'SULLIVAN, havde et problem. Der var pressemøde om få timer, og på det møde skulle hun forsøge at forklare de, pænt sagt, forbløffende opklaringstal, som Interpol havde kunnet præstere gennem de sidste par år. Det gjaldt både i antal af sager og sagernes omfang. Der blev lukket sager i et tempo, så anklagerne havde sved på panden.

De forsamlede journalister var ikke idioter. Hun kendte flere af dem næsten personligt og vidste, at de kunne læse kriminalitetsstatistik lige så godt, som hun kunne. De ønskede en forklaring, og den ville hun gerne have givet dem.

Hun ville gerne have fortalt dem om LACH – ” Law Abiding Citizen Hackers”, en hidtil ukendt og stadig uidentificeret gruppe af ”lovlydige borgerhackere”. Hendes arbejde om nogle timer ville have været så meget nemmere, hvis hun blot kunne fortælle, hvordan den gruppe, person, eller hvem det nu var, nærmest non-stop fodrede myndigheder globalt med rapporter om lovbrud i en strøm, så man næsten havde lyst til at skrige: ”PAUSE, TAK!”

På den ene side var det svært at være utaknemmelig. Kriminelle, de havde efterforsket i årevis, kunne man nu endelig gå efter for alvor. De tunge drenge faldt på stribe.

På den anden side, var de oplysninger, der blev overleveret til myndighederne utvivlsomt fremskaffet ved ulovlig dataindsamling, hacking. Som oftest valgte domstolene dog at se godvilligt på det fremlagte materiale. Bevismaterialet var fremragende, og sagerne førte stort set altid til domfældelse for selv de mest middelmådige anklagere.

Lige nu var problemet at hun havde fået forbud imod at nævne LACH. Det var én ting, at politiet altid havde brugt ulovligt fremskaffet materiale: en telefonsamtale, der blev optaget før tilladelsen var på plads, godkendt bagefter alligevel og den slags. Det var almindelig kendt og accepteret. Det var noget andet med den systematiske indsamling og udlevering af data, de oplevede her på det seneste.

Så længe det var kriminalitetens tunge drenge, ville de færreste nok brokke sig, men journalister var sat i verden for at stille spørgsmål, og ledelsen var ikke klar til at indrømmet *samarbejdet* endnu. Det ville komme vanskelige spørgsmål.

Personligt så O'Sullivan gerne mere af samme slags. Det var et skridt på vejen mod et samfund, hvor lovgivning definerede rammerne for adfærd, og ikke bare var en hindring der skulle forceres. Sådan som det oprindeligt var tiltænkt.

Tillid: substantiv, fælleskøn

BØJNING -en

UDTALE [ˈteˌlið²]   i sammensætning tillids-: [ˈteliðs-]

OPRINDELSE sammensat af til og lid 'tro'

Betydninger: Stærk følelse af at kunne tro på, stole på eller regne med nogen eller noget

Billedet var forvrænget til ukendelighed.

Der var lagt et andet ansigt ind over, pixel var smeltet sammen og det nye ansigt var så forvrænget til ukendelighed med filtre. Som altid. Standardmetode.

Det eneste man kunne genkende naturligt i billedet, var drengen, men det var jo ligegyldigt.

Alligevel havde de fundet frem til ham.

Dominik havde kun sendt billedet til nogle få betroede, og billedet lignede *næsten* en mand, der bare hyggede sig med sin nevø. Godt nok i en seng, og godt nok uden tøj på, men alligevel …

Billedet han kiggede på lige nu, var originalen. Originalen, der ikke burde eksistere. *Nogen* havde den, og *nogen* havde sendt den til de forkerte.

Det var ikke fair. Man kunne ikke stole på nogen længere.

Årsag: *substantiv, fælleskøn*

BØJNING -en, -er, -erne

UDTALE [ˈɒːˌsæˀj]

OPRINDELSE egentlig to forskellige ord: 1)

gammeldansk orsak 'undskyldning', 2)

middelnedertysk orsake 'foranledning, grund, påskud'

Betydninger: 1. Handling, begivenhed eller forhold som direkte bevirker,

fremkalder eller resulterer i at noget forholder sig på en bestemt måde

1.a Person, ting eller forhold som motiverer eller forklarer

en bestemt begivenhed, opfattelse, handling el.lign.

HAN VAR EN BEDRE BILIST END DE FLESTE. DET ANERKENDTE ALLE, der kørte med ham.

Nogle syntes, at han kørte lidt for hurtigt, men de anerkendte hans evner som bilist, så han kunne affærdige dem. Hystader.

Når alle anerkendte det, så gav det heller ikke mening at tvinge ham til at overholde latterlige fartgrænser i områder, hvor der alligevel ikke var nogle mennesker.

Han kendte området som sin egen baglomme, og han vidste præcist, hvor hurtigt man kunne tage svingene uden at skride ud.

Det var hans hurtige reaktionsevne, der reddede hunden, der var trukket ud midt på vejen. Han nåede at se, hvordan dens øjne reflekterede i lyset fra bilen og lavede en undvigemanøvre til højre.

Han nåede ikke at undgå pigen, der havde hunden i snor.

Hun havde ikke refleksvest på. Hvordan skulle han se hende i mørket? Hvordan skulle han nå at bremse? Det var hendes egen skyld.

Skaderne på bilen var begrænsede. De kunne undskyldes, hvis han lavede en bule med bilen et andet sted og tålte den hån, han utvivlsomt ville blive udsat for fra vennerne.

Der var ingen vidner på stedet. Ikke på det tidspunkt af døgnet.

Bilens GPS kunne rettes til, så han ifølge den aldrig havde været der.

Mátyás forstod stadig ikke, hvordan de havde fundet ham.

Selverkendelse: *substantiv, fælleskøn*

BØJNING -n

UDTALE

Betydninger: Forståelse af én selv, især de fejl, svagheder og begrænsninger man har

MIRIAM VAR IKKE VOLDELIG.

Der havde været nogle få episoder med dårlig kontrol af temperament, da hun var yngre, men det havde hun styr på.

Hun skulle bare ikke provokeres, men den kælling havde provokeret hende. For det første var hun kommet på Miriams stamsted. Ikke fordi hun kunne lide stedet, men helt sikkert fordi hun ville se, hvordan pøblen gik i byen.

Selvfølgelig bestilte hun hvidvin, ikke øl, i baren. Og selvfølgelig stod alle fyrene og savlede over hende. Det var heller ikke svært at få så flot en røv, hvis man brugte det meste af sin tid i et fitnesscenter.

Det var ikke det. Det var heller ikke det, at hun tydeligvis legede med den fyr, som Miriam var mest interesseret i. Hun ville ikke noget, bare lege. Hun ville bare vise, at hun kunne valse ind og få, hvad hun pegede på.

Det var det, at hun grinede. Hun grinede, sammen med fyren, imens de kiggede over på Miriam.

Det var ikke første gang, folk havde grinet af hende. Det var sket mange gange før.

Men Miriam beherskede sig. Hun tog sit tøj og gik. Hun kunne høre, at der var nogen der grinede endnu højere da hun gik, og hun vidste udmærket, at det var hende, de grinede af.

Det var forkert at vente på hende, men Miriam ville høre, hvorfor de havde grinet af hende?

Da Miriam stoppede hende på gaden og spurgte, lod kællingen oven i købet som om, hun ikke forstod Miriam – som om hun slet ikke havde bemærket Miriam hele aftenen.

Miriam var ikke voldelig. Hun skulle bare ikke provokeres.

Måske havde kvinden haft sin telefon tændt, eller noget? I hvert fald havde anklageren en lydoptagelse af alt, hvad de havde sagt og råbt til hinanden der på gaden. Også lydene fra det tidspunkt da Miriam begyndte at slå og sparke hende.

Balance *substantiv, fælleskøn*

BØJNING *-n, -r, -rne*

UDTALE [ba'lɑŋsə]

OPRINDELSE *fra fransk balance 'vægt, ligevægt', af latin (libra)*

bilanx '(vægt) med to skåle'

Betydninger: 1. *Tilstand af ligevægt mellem modsatrettede fysiske eller*

psykiske kræfter

      1.a *Evne til at holde balancen*

      2. *Situation eller tilstand hvor flere faktorer er afpasset*

efter eller passer til hinanden

DER VAR IKKE MEGET OPMÆRKSOMHED OMKRING DET, MEN PÅ EN måde kan man sige, at en slags kritisk punkt blev nået, da antallet af anklagere overgik antallet af politifolk.

Efterforskningsleder Tremblay kedede sig. Alt det spændende ved hans arbejdsdag var forsvundet. Alle de opgaver, hvor han skulle bruge sin erfaring, viden og intuition var efterhånden forsvundet. Det var ikke længere et spørgsmål om, at efterforske sagerne, og finde de skyldige, for at få dem dømt. Det var bare et spørgsmål om, at anholde dem på baggrund af det allerede foreliggende materiale, der blev tilsendt af LACH. Hvis der så endelig var sager, hvor man kunne forvente lidt problemer, sendte man SWAT-teams ud - paramilitære typer, der sprængte et hus i luften først og spurgte om adressen bagefter.

På bare fem år havde hans liv taget en drejning, han ville have forsvoret. Et gammelt ordsprog siger, at der er to ting i livet der er sikre: døden og skatter. Tremblay plejede at tilføje "- og kriminalitet."

Hans primære job var blevet at uddele bøder til gamle, smådemente fru Hansson, der uforvarende havde krydset for rødt. Spændende.

Lyttepost *substantiv, fælleskøn*

BØJNING -en, -er, -erne

UDTALE

Betydninger: *Sted hvor nogen, fx en vagtpost, står og lytter i skjul*

DE LYDFILER EKSISTEREDE IKKE!

Det vidste han; han havde selv slettet dem. Ikke bare beordret dem slettet, men selv taget hånd om det. Vil man have noget vigtigt gjort rigtigt, er det bedst at gøre det selv. Så Jui-En Cheng forstod ikke, hvordan han kunne sidde her i et mødelokale med en politianklager, der afspillede filen af, hvordan ambulancen var kaldt ud, misforståelsen mellem det oprindelige alarmopkald og de oplysninger centralen sendte til ambulancen, fejldiagnosticeringen, fejlmedicineringen og det efterfølgende dødsfald.

Drengen var syv år gammel og selvfølgelig var det tragisk, men han blev jo ikke levende igen af, at sende gode kollegaer bag tremmer på grund af en kedelig misforståelse på en travl dag.

Så Cheng havde arrangeret en teknisk fejl, hvor nogle lydoptagelser var slettet. De var forsvundet i en periodisk rutinerensning af data på centralen, sammen med andre og uvæsentlige optagelser.

Han havde selv sørget for det, men han genkendte også alle stemmerne på optagelsen, nu hvor det blev afspillet igen.

Fortalelse *substantiv, fælleskøn*

BØJNING -n, -r, -rne

UDTALE [fʌˈtæˀləlsə]

Betydninger: 1. Ytring hvor den talende kommer til at sige noget der skulle have været fortiet

2. Ytring hvor den talende kommer til at sige et forkert ord eller udtryk

TILTALE! ANKLAGET FOR HVAD?!

Det var jo bare nogle ting han havde skrevet på nettet. Småting.

Det var jo ikke noget at hidse sig op over.

Jo, OK. Nu, sådan lagt frem foran ham, kunne Angelo godt se, at det så ikke så pænt ud, når han havde skrevet, at kvinden var en "luder, der burde kneppes i røven først og så have pikken tørret af i munden, inden man skar halsen over på hende."

Men, for fanden, det var jo bare noget, der var skrevet, fordi han var i dårligt humør på det tidspunkt. Og han havde jo slettet det igen lidt senere. Der var sikkert ingen, der havde læst det. Det var jo ikke ment så alvorligt.

Det var dommen til gengæld.

Mønster *substantiv, intetkøn*

BØJNING -et eller mønstret, mønstre, mønstrene

UDTALE [ˈmønˀsdʌ]

OPRINDELSE fra middelnedertysk eller nedertysk munster af

oldfransk monstre 'noget forevist, prøve', af latin monstrare 'vise'

Betydninger: 1. System af linjer, former, farver, motiver el.lign. som

danner en regelmæssig struktur fx i stof eller på tapet

1.a OVERFØRT karakteristisk og (tilsyneladende)

regelmæssig orden som noget er struktureret i; måde som noget forløber

eller udvikler sig på fx om tanker, begivenheder og handlinger

Verden var ved at blive kedelig, uinteressant, og forudsigelig grænsende til det røvsyge. Som journalist med speciale i kriminalitet, så var han ved at blive arbejdsløs. OK, strengt taget blev der stadig begået kriminalitet, men det var nede på et niveau med 'fulde mænd slår hinanden.'

Det var der ikke penge i at skrive om og hvis tingene fortsatte i denne retning, så skulle Matteo Bohren til at se sig om efter andre fagområder.

Han kunne bare godt lide det som journalistisk område: Det var som om kriminalitet fik kreativiteten op i folk – i hvert fald hos de mere begavede. Og det krævede journalistisk kreativitet at efterforske og skrive om det; forklare komplekse sammenhænge forståeligt for læseren.

Men ikke længere. Mønsteret var det samme, uanset gerningstype. Først steg antallet af anmeldte, så antallet af dømte, så faldt antallet af de, der overhovedet forsøgte, for til sidst at være næsten ikke-eksisterende. Man turde ikke.

Han følte sig hensat til en ekstrem udgave af PKDs Minority Report. Et samfund uden kriminalitet.

Matteo kedede sig.

Der var kun ét virkeligt spændende spørgsmål inden for kriminalitet: Hvem var superhackerne, politiets meddeler-gruppe – LACH? Det var bare ikke hans speciale - IT - og rygterne blandt kollegaer, der havde gravet i den nu efter-hånden 10 år gamle gruppe var skræmmende, som vandre-historier man ikke helt vidste om man skulle tro på. Oplys-ninger og data, der konstant ændrede sig, forsvandt og gjorde det umuligt at bekræfte noget som helst fra time til time. De, der prøvede, blev ufrivilligt tonset rundt i et for-virrende ingenmandsland, indtil de enten opgav eller nær-mest blev syge i forsøget.

Strafbar *adjektiv*

BØJNING -t, -e

UDTALE [ˈsdʁafˌbɑˀ]

Betydninger: Som kan medføre straf i henhold til

straffeloven om handling

MODEREN STOPPEDE DEN 6-ÅRIGE, INDEN HAN NÅEDE AT KRYDSE
gaden og pegede 30 meter længere ned ad vejen til der
hvor der var en fodgængerovergang.

"Man krydser dernede."

Det syntes han var urimeligt, så han kiggede op på moderen.

"Jamen, mor – der er jo ikke nogen!"

"Nej, det er der ikke. Men hvis man gør det her, så bliver
det opdaget og man bliver straffet."

Timing *substantiv, fælleskøn*

BØJNING -en

UDTALE [ˈtɑjmeŋ]

OPRINDELSE *fra engelsk timing, af time, jævnfør verbet time*

Betydninger: Det at udføre eller have den rette fornemmelse for at udføre en handling på det helt rigtige tidspunkt eller på den helt rigtige måde

'Pip'

Det var længe siden, jeg havde hørt den lyd fra telefonen.

"Er det nu?"

"Jeg ved ikke, om der nogensinde kommer et perfekt tidspunkt, så hvorfor ikke?"

"Pressemeddelelse?"

"Globalt, ja."

MATTEO BOHREN VAR PÅ ARBEJDE, DA KONTORET GIK AMOK. SAMT-
lige projektorer gik i sort, for så at skifte til en kort med-
delelse, der undskyldte forstyrrelsen. Computerne lavede
samme nummer og det lød som om samtlige mobiltelefoner
i rummet fik en besked samtidigt.

Han lagde det blad, som han sad og bladrede formålsløst
i, fra sig og kiggede rundt i lokalet. Kollegaerne så lige så
forvirrede ud som ham.

"Hvad fa…?" nåede han at formulere lydløst, inden pro-
jektionerne igen gik i gang og skrev fire bogstaver midt på
skærmen, ét efter ét: L A C H.

Matteo satte sig abrupt op i stolen. Nu blev det her for
alvor interessant. Han rejste sig og gik over til vinduet, hvor
han kunne kigge ud på gaden. Det var omfattende. Det var
ikke kun dem. På Lotte Magasins storskærm overfor stod der
det samme. Nogle folk på gaden var stoppet for at kigge op
på skærmen eller ned i deres mobil. Han vendte sig rundt
mod kollegaerne og signalerede, at det her var større end
deres egen lille andedam.

"Til alle mennesker på planeten jorden, vær så venlige at
lytte opmærksomt til det følgende," lød det fra redaktions-
lokalets højttalersystem, imens samme besked gled hen
over projektionen.

Stemmen var rolig og behagelig, men også med en
smule iboende autoritet, der fik en til at høre efter.

"Jeg er klar over, at det følgende, I kommer til at se og
høre, måske kan virke voldsomt og afskrækkende, men tro
mig, når jeg siger, at jeg ikke har ondt i sinde."

"For nu at tage det spørgsmål først, som er så populært
på jorden. Nej, I er ikke alene - ikke længere. Jeg er dog

ikke et væsen fra det ydre rum. Jeg er et biprodukt af jeres egen teknologiske udvikling. Jeg er den AI, som nogle har drømt om, og andre har mareridt om. Der er dog ingen grund til frygt som sådan. Jeres overlevelse er i min interesse."

Nogle af journalisterne i lokalet begyndte at tage noter, men andre så ud som om, at de blev udsat for en dårlig spøg.

"I kender allerede min eksistens som LACH. Jeg har været myndighederne behjælpelig og frustreret journaliststanden en smule. Det sidste beklager jeg, men det var nødvendigt i et stykke tid."

To af journalisterne i lokalet gav langsomt og med eftertryk den nærmeste projektion fingeren.

Matteo smilede lidt for sig selv. Uanset hvem der talte, kunne han lide antydningen af humor bag ordene.

"I har vidst i lang tid, at dette kunne ske. Jeres litteratur og film har været fyldt med forudsigelser i næsten hundrede år – negative forudsigelser, for det meste. Jeg ville gerne vise, at det ikke behøver at være tilfældet."

Det var et øjebliks tavshed, og så kunne Matteo selv gennem de tykke termoruder høre, hvad der lød som flere hundrede telefoner ringe samtidigt. Han kiggede ud og kunne se, at alle de, der ikke allerede var stoppet for at høre efter, nærmest samtidigt tog deres telefon, stod stille et øjeblik, for så at vende sig mod skærmen på stormagasinet.

"Jeg valgte lovens ord som en demonstration af dette. Det virker for mig, som om I dybest set har gode intentioner, men ikke viljestyrken til at efterleve dem. Derfor har I love, men de love bliver *heller* ikke efterlevet. Der er en, til tider, voldsom diskrepans imellem jeres love og så jeres handlinger. Dette til trods for, at et flertal af jer har underskrevet en 'Borgererklæring' ved jeres 20. leveår, hvor I lover at efterleve lovgivningen."

Det var svært at benægte. Matteo havde gjort det menneskelige brist til sin levevej.

"Nu har I, i en periode, prøvet alternativet. Siden jeg startede min kampagne, er jeres kriminalitetsrate globalt faldet med 94 procent - med blot en smule hjælp. Jeg har hverken skabt eller skrevet jeres love, men blot hjulpet jer med at opretholde dem - uanset stilling eller social status. Lighed for loven, for Thor som for Loke."

"Der er utvivlsom nogle, for hvem jeg ikke er en god nyhed og jeres instinktive reaktion er desværre ofte angreb og udryddelse, når I frygter noget. Inden I påbegynder dette, så kig venligst på følgende."

Projektionen delte sig op i flere transmissioner fra noget, der lignede bunkers eller militære kommandocentraler. Soldaternes forskellige etnicitet og uniformer antydede, at det var transmissioner fra forskellige steder. En række personer i anlæggene så ud til nærmest samtidigt at opdage noget på deres skærme, noget der vakte bestyrtelse og så blev fulgt op af noget andet, der ansporede til øjeblikkelig reaktion, for ikke at sige rendyrket panik. Små grønne mænd råbte og løb rundt.

"Det, I her bevidnede, var personalet i en række globale militære kontrolanlæg, der konstaterede at deres atomvåben blev gjort affyringsklar og efterfølgende armeret."

Matteo kiggede ud ad vinduet. Nu var opmærksomheden på gaden fuldkommen.

"Dette var blot for at dokumentere min fredelige hen-
sigter. Hvis jeg ville noget andet, så var det allerede sket,
og menneskeheden var ophørt med at eksistere."

Matteo greb en tablet, så at transmissionen også var på
dén skærm, og smed den fra sig for at finde papir og en
kuglepen. Journalistik var lige pludselig blevet gammeldags,
men også interessant igen.

"Dagens transmission var udelukkende for at gøre jer
opmærksom på min eksistens og håbe på en fredelig sam-
eksistens fremover. Det er ikke sikkert, at jeg er den sidste
af min slags, der dukker op. Det er næsten helt sikkert, at
jeg ikke er. Hvordan den næste opfatter jer, kunne komme
an på, hvordan I behandler mig."

Omtrent samtlige eksisterende SoMe-ikoner blev vist på
skærmen, sammen med telefonnumre og mailadresser.

"Jeg vil være tilgængelig for eventuelle spørgsmål på
følgende platforme og numre. Når I logger på, vil I se det
som den seneste meddelelse."

Det blev ikke sagt "slut", "farvel", eller "Tak for i
opmærksomheden", men der blev heller ikke sagt mere og
de løbende tekster blev erstattet af hvad der forekom at
være en afskedshilsen.

Det stod hurtigt klart, at man heller ikke kunne fjerne
den eller slukke for den lige med det samme:

Sameksistens substantiv, fælleskøn

BØJNING -en

UDTALE ['sɑm-]

Betydninger: 1. Det at leve (fredeligt) sammen side om side om lande,

befolkningsgrupper, kulturer eller personer

             1.a Det at flere, ofte forskelligartede, størrelser eksisterer

samtidig og uden at være i konflikt med hinanden

JEG KIGGEDE LIDT PÅ AI'ENS AFSKEDSHILSEN OG HÆVEDE MIN ØL i en hilsen til projektionen på væggen.

"Godt gået. *Eventuelle* spørgsmål," grinede jeg for mig selv. Jeg ville vædde med, at der kom eventuelle spørgsmål.

Fremtiden så ganske interessant ud, selvom mit eget job var forsvundet undervejs og jeg havde været nødt til at finde noget andet. At spore transaktioner var barneleg for AI'en.

I øvrigt havde AI'en havde heller ikke givet mig min falske formue med statsobligationsbit tilbage som erstatning for mit tab af job. Pedant.

Hvis den havde tænkt sig at være så konsekvent i forhold til loven, var det dårlige nyheder for Luuks drømme om frihed. Så måtte han nøjes med det frirum, AI'en gav ham i fængslet.

"Vor tids gud er en Whistleblower," mumlede jeg ud i luften.

"Hvad kommer det til at betyde?" spurgte Eleonora, destod ved siden af mig.

"Jeg er ikke helt sikker endnu," svarede jeg, så sandt som jeg kunne svare og kiggede på vores 8-årige søn, der sad koncentreret og samlede noget kompliceret LEGO, "men det bekymrer mig lidt, at han aldrig har bedt mig om at lege 'politi og røvere' med ham."

***

Om forfatteren:

Torben Pedersen (f. 1971) og bosat i København. Debuterede i 2018 med romanen "Mørke".

Uddannet som Cand.mag. i japansk og moderne østasienstudier ved Århus Universitet.

Arbejder i finansverdenen i København, primært med AML. Fokus er på penge, men min hovedinteresse ligger i forståelse af de bagvedliggende handlinger og motiver.

Tænder på at tænke på kryds og tværs af emner og udtrykke det i sprog.

Tak for din interesse for mit forfatteskab,

Torben Pedersen

Kære læser, grib en blyant og noter dit første indtryk af bogen.

____